ISBN 978-9968-03-969-7

Segunda edición, por el autor 2024

Fotografía de portada: Pixabay.com, liberada de derechos de autor bajo licencia Creative Commons.

San José, Costa Rica
marcocanizales.com
marco@marcocanizales.com
Tel: +506 8670 3761

Impreso por Amazon

Naufragios Urbanos

Marco Cañizales

“[…] yo quiero ser triste
porque cuando uno es triste
queda más tiempo para pensar”.
Joaquín Gutiérrez Mangel

Para Esteban y Nati,
mis cuentos favoritos.

Prólogo

Un narrador es todas sus voces: un padre afgano que choca de una palabra a otra, tratando de explicarse el destino de su hijo; un cliente de un banco, trastornado por la ficha de la ventanilla como si se tratara de un boleto al amor; una Santa, envuelta en sus tentaciones a costa de su lujuria original; un barquito de papel que replantea la vida de un indigente dispuesto a desdoblarse; un hombre que cuenta su vida a medida que gasta las pastillas por las que transita, hoy por hoy, la condición humana. En Naufragios urbanos, conjunto de relatos de Marco Cañizales, el discurso es claro: vivimos en una sociedad enloquecida, con un déficit de amor tan contundente que estar aquí no es otra cosa que persistir en la búsqueda de nosotros mismos. En ocasiones fantásticos, estos relatos también son tan realistas como la palabra urbanidad, y esa es precisamente la marca que deja este libro: una carrera de caballos donde realidad y ficción insisten en confundir las apuestas, tal y como sucede con la historia de nuestro tiempo, empecinada en apuntar —a pesar de su tristeza— a un final feliz.

Dennis Ávila

Índice

Desamores de oficina

Yo debería enamorarme de vos. Lo dijo de una vez y sin pensarlo, dejó la boca entreabierta para llenar la oficina de su incienso y con la mirada fija en mí, con las pestañas apuntando a la gloria de las nubes de *gypsum* y al sol fluorescente de la oficina.

Acababa de leer mi blog y luego de ver el último poema soltó la frase sin pensarlo, volvió la mirada al monitor y siguió trabajando. Yo quedé mirando el ángulo desde donde hacía solo unos segundos sus ojos me miraban.

—Yo debería enamorarme de vos —me dijo. Y yo me preguntaba si sabía que el poema era para ella; claro que tenía que saberlo. No me dio tiempo de responderle, Manuel entró en la oficina pisoteando la alfombra y también mi poema, la miró con ese beso ocular que se dan los amantes de oficina cuando los demás miran. De nuevo dejó la boca entreabierta llenando todo con el aroma de su aliento, pero esta vez el aroma no era para mí.

Cerré los ojos con la ansiedad de no mirar más sus besos oculares, para no ver las risitas cómplices. Me concentré en el reporte de Acevedo, tan necio con esas ganas de llevar al éxito un proyecto fracasado. Era un buen proyecto, una buena intención. Las buenas intenciones en esta oficina nacen sietemesinas y maltrechas, con pocas posibilidades de triunfar en la vida, con pulmones angostos que no las dejan ganar el aire de las otras ideas, las malas, las de los jefes, las que luego tenemos que rescatar de su torpeza, las que cuando triunfan son de los jefes y cuando fracasan nos las ponen encima como elefantes a los que nosotros dimos a luz.

Mi amor por ella era una buena intención, tal vez por eso no prosperaba y saltaba del Word en mi monitor al blog mal entildado en el monitor de ella. ¿Sabrá de verdad que me gusta? Ya superé mi miedo a decírselo, he llegado al valor absoluto del silencio, de mirarla besarse con Manuel a la salida, llegando ya al café Teatro. Manuel también lo sabía, tal vez por eso aún me duele la rodilla desde el último partido: Contabilidad versus Ventas. Fue un azar deportivo, dijimos, pero él y yo sabíamos que no. Al menos yo gané esa partida. Tres a dos ganamos, los tres goles míos por Ventas y un gol de él por Contabilidad. Yo conservé el triunfo y él la boca de ella que humedece todo con su aroma. Salí perdiendo con marcador a favor: tres a dos.

Ya era el medio día y decidí dejarlos tranquilos dándose sus besos oculares, o de otro tipo; me monté al ascensor con la esperanza de un alivio, de un no mirarlos más. Me recosté al espejo del ascensor e inhalé con total claridad el aroma de la boca de ella. Cerré los ojos y traté de pensar en otra cosa, los abrí y me concentré en las lucecitas que marcaban el descenso: tres, dos, uno. La puerta se abrió, calenté mi comida, me senté. Sonia se sentó a mi lado como siempre, me veía con esa mirada maravillosa que me daba siempre que yo estaba triste, o que me daba siempre y yo solo notaba cuando me sentía triste.

—¿Cómo vas?

—Bien, ¿vos?

—La pasé genial el fin de semana, me fui con mis hermanos a Jacó, pasamos por la feria del maíz y te traje chorreadas, apenas las vi me acordé de vos.

Y me miraba con los mismos ojos que yo miraba la chorreada, y ponía esos ojos apasionados, pero también maternales... Cómo me joden esos ojos maternales. Si no fuera por esos ojos. Me contaba todo de la playa y el mar, de lo que comió, del mosco que la picó. Insistía en tocarme la mano cada tres frases. De cuando en vez, su pie me rozaba bajo la mesa de forma casi accidental; lo sería de no estar acompañado por una miradita cómplice a cada toque. Y yo la miraba con cariño y la distancia que da ese cariño de a quien no se quiere. Cerré mis labios y con la fuerza de mi silencio le dije:

—Yo debería enamorarme de vos.

Varias veces en el mismo instante

"[...] ma due occhi che ti guardano, cosi vicini e veri
ti fan scordare le parole, confondono i pensieri".
Lucio Dalla

Sacó de nuevo la ficha y leyó el número: A58. No había cambiado desde la última vez que lo vio. Ensayó una nueva forma de doblar el papel y lo guardó en su bolsa. Segundos más tarde palparía la bolsa para comprobar que seguía ahí y memorizó de nuevo el bolsillo utilizado, el izquierdo de la camisa, con la esperanza de no olvidar dónde estaba cuando lo llamaran. Nunca funcionaba, la ficha siempre aparecía después de requisar todas las bolsas ante la mirada cansada del ejecutivo.

Sacó de nuevo el papel de la ficha y lo interrogó, el papel confesó cansino: A58. Miró la pizarra electrónica, aún faltaba mucho para su turno; la pizarra parpadeó y gritó: «A24, pasar a posición ocho». Sacó el papel de nuevo, más para distraerse que para verificar el número; A58. La pizarra aún seguía mostrándose desinteresada y burocrática en el A24.

A58, el número no había cambiado, pero sí habían cambiado de posición los incómodos clientes en las desesperadas sillas, algunos incluso preferían ponerse de pie. Dobló la ficha en picos esta vez. La guardó en el bolsillo derecho del pantalón. A58, el número no había cambiado, había cambiado sí el rostro del ejecutivo en la ventanilla 03, quien puso cara de angustia ante lo que le explicaba el cliente. Poco le importaba enterarse del drama, él solo venía a retirar su tarjeta. Además, esa cara del ejecutivo es la cara ensayada que muestran a los clientes para hacerlos sentir escuchados y evitar que lleguen a los gritos o se pongan más quejosos. Contó las ventanillas, había tres vacías, nadie las atendía y un rápido cálculo mental le hizo pensar que si sus ejecutivos estuviesen ahí sentados estaría unos diez números más cerca de ser atendido en la lotería bancaria. A58, hizo del papel un rollito y lo guardó en la bolsa derecha de la camisa. El vigilante, a diferencia de la pizarra, cambiaba su posición al tiempo que disimulaba la mirada al escote de una cliente que recién ingresaba, luego intercambió una mirada cómplice con uno de los cajeros. Cambiaba también el rostro del ejecutivo en la ventanilla 03, quien ya tenía una expresión menos angustiosa y le mostraba al cliente los múltiples espacios donde debía firmar.

Ella entró innumerables veces en un instante. Los ojos de ambos se encontraron y él no logró articular ningún pensamiento, solo podía observarla: su rostro era perfecto, su piel blanca, una leve nariz se insinuaba, el cabello tenía la determinación de caer tranquilo y oscuro, la boca carnosa. La mirada de ella lo traspasaba con esos ojos café que sabían ser a un tiempo dulces e inquisidores. Él creyó notar cierta benevolencia en la mirada de ella; se sintió apenado, bajó la vista. Ella recordó la hora y bajó la mirada como para obligar a sus pies a caminar más rápido, de nuevo llegaba tarde y no podría soportar otro discurso más de la supervisora. Abrió la media puerta y corrió hasta la ventanilla doce, encendió el computador y lamentó el polvo acomodado en el escritorio, pero no era tiempo ya de ponerse a sacudir; mientras urgía al monitor con la mirada, oprimió el botoncillo: «A35, pasar a posición doce».

Él la analizaba y trataba de descubrirla y conocerla en cada detalle, en cada gesto. Ella levantó la mirada y le sonrió. El mundo se hizo inmenso al mismo tiempo que él se hizo diminuto. Bajó la mirada y contempló a quien de una forma menos intimidante solo podía recordarle que A58.

Descubrió que, aunque aparentaba ser dura ante los demás, era tal vez más mimada de lo que quisiera ser y que esperaba incluso que los demás lo descubriesen; pero ella jamás cedería, eso lo tenían que descubrir. Por los detalles y lo que le contaba al gordo de la ventanilla 11, descubrió que le encantaban los deportes, pero llevaba consigo un libro que delataba sus pasiones tan disímiles unas de otras. Hablaba de su familia con un entusiasmo casi infantil, muy cercano. Todo lo logró adivinar mediante sus conversaciones con el de la 11, el gordo, conversaciones intercaladas con un «Sí, cómo está; claro, eso se lo podemos tramitar. ¿Trae la cédula?». Su voz era más bien ronca, pero era parte del encanto. Él seguía fotografiándola mentalmente desde distintos ángulos y tratando de disimular su insistencia en mirarla. Aún podía ver cuadro a cuadro la entrada de ella, cada paso lo había fotografiado en su mente con el terror de poder olvidar ese rostro una vez fuera del banco. Suele pasar, no es cosa del rostro, tal vez un mecanismo de defensa para conformarnos ante la pérdida y la angustiosa realidad de que esos rostros son solo un instante. Pero ella fue varias veces en el mismo instante y alguna imagen debía sobrevivir el naufragio del olvido y la resignación.

Calculó las posibilidades y, si el imbécil de la ventanilla 03 se apurase un poco más, tal vez él correría con la suerte de ser atendido por ella. Ensayó varias frases cliché, pensó incluso hablarle de algún deporte, pero no era su campo, sería mejor refugiarse en los libros y contempló con desilusión que desconocía al autor del de ella. Tal vez ese sería buen pretexto, pero sabía que no sería capaz de decirle nada, mientras doblaba el papel A58 en dos y lo guardaba en la bolsa izquierda del pantalón.

La recolección de firmas de la ventanilla 03 parecía no tener fin y ya era mejor que siguiera así, porque de sacar a ese cliente podría dar al traste con toda la ecuación. «A54, pasar a la posición 04». Pero A54 había desertado e incluso era posible que se hubiese suicidado en el basurero al lado del vigilante. «A55, pasar a la posición 04».

Usaba sus uñas de color negro y todo eso lo desconcertaba, eran demasiados contrastes. La boca carnosa no tenía ningún color y lucía mejor así. La nariz levemente insinuada, la suave daga de los ojos que lo traspasaban estaban bien delineados, era astuta para reconocer su mayor atributo. «A56, pasar a la ventanilla 09». El rastro de lo que tal vez era una espinilla ya vencida, o un leve lunar, asomaba sobre el labio y rompía la simetría. Como era de esperar, ese leve defecto la hacía aún más bella y obligaba a quien la miraba a recorrer el espacio cercano a la boca abierta, como un llamado.

«A57, pasar a la posición 02». El tiempo parecía congelarse y el cliente que ella atendía parecía estar dispuesto a no retirarse. Le preguntaría por el libro y el autor, era la forma más sencilla y segura; no tenía idea de cómo saltar del libro a un café, pero ya lo averiguaría. Bajó la mirada, apenado, cuando una vez más ella lo descubrió contemplándola.

«A58, pasar a la ventanilla 11». El gordo

acababa de despachar a un cliente. No aparecía el papel y el único instante que estuvo realmente frente a ella fue ese en el que caminaba rebuscando la ficha en sus bolsillos con cara de angustia.

—Buenas tardes, ¿en qué le puedo ayudar?

—Vengo a retirar mi tarjeta.

El gordo le sonrió de una forma muy sincera, era imposible odiar a José Luis Berrocal, «Estamos para servirle», como decía en su plaquita. El gordo era simpático y no se le podía odiar. Logró espiarla, pero la posición vecina y diagonal era más un obstáculo que una cercanía. Salió con su tarjeta en la bolsa; en todo caso no habría sabido qué decirle, esta vez no fue su turno.

Mujer germinada

A tía Clary, con amor,
tu hijo Marco

Desde tu muerte hay un frío permanente en mi piel. Despierto con ese frío y, aunque al principio fue incómodo dormir así, he aprendido a arroparme con él.

Dejaste ausencia regada en todas partes, como un reguero de desórdenes, de tus batones y tus muchos anillos, de tus tantos pañuelos y estampitas de santos en las paredes. En todas partes me encuentro con tu ausencia y me invade el frío de tu tumba que te abraza. La tumba que me remplaza. Yo no te puedo abrazar ahora.

Y me imagino que germinás, porque es mejor imaginar nuestra humanidad germinando que otros términos tal vez más naturales y apropiados para la descripción de la biología, pero que no se ajustan a mi ansiedad por tu ausencia ni a las almas entristecidas. Necesito pensarte germinada.

Y a ratos me da rabia que no murieras con todas tus cosas, porque me topo con tu rostro ausente en tu cuarto y cada que entro a la casa tengo la ansiedad de preguntar por vos... y me acuerdo, y me abstengo.

Pero podrían desaparecer todas tus cosas y vos seguirías aquí presente. Me da mucha rabia el beso que no te dije y el abrazo que guardé para otro día.

Y seguís aquí, tía, madre a un mismo tiempo. Eso que solo las mujeres pueden lograr: hacer dos cosas a la vez. Como regañarme y darme chocolate con bizcochos, como acariciarme y preguntarme por la tarea, como dejarme revolcar tu costurero y contarme un cuento al mismo tiempo. Como enseñarme a hablar de vos y remendar mis títeres a la vez. Como llevarme por los barrios a cobrar tus ventas y recompensarme las caminatas con empanadas y sorbetos. Como llevarme a tus trabajos y dejarme jugar a ser escritor en tus máquinas de escribir. Como besar a mis hijos de la misma forma en que me besaste a mí, como dejarlos regar tu costurero por el piso mientras les contabas un cuento...

Y sí, hace frío, pero es el frío previo a un abrazo, porque por esa cualidad de hacer dos cosas a un tiempo, tía y madre, sabés muy bien cómo estar ausente y presente a un tiempo. Y entonces, germinás en un abrazo y un te quiero.

Tres meses de Arsenio

Tenía la radiografía de su cráneo en la mano, una mancha negra lo miraba de frente y asesinaba el cliché; «ser o no ser» ya no era un dilema, la pregunta urgente era cuándo dejar de ser.

—Le quedan tres meses, don Arsenio, tres meses. Le recomiendo retirarse a su casa y procurar pasar tiempo con ellos, su familia, a ellos también les costará hacerse a la idea. La verdad, ya no recomiendo ningún tratamiento, don Arsenio, no vale la pena, lo maltrataríamos mucho y sin resultado alguno. Estos casos siempre…

El galeno seguía hablando y los tres meses se desgastaban en segundos de charlas terapéuticas sobre aceptación de la muerte. Los médicos habían descubierto también cómo asesinar la incertidumbre, saber el tiempo exacto de vida no era una ganga. Repartir abrazos y te quieros antes de la fecha de expiración no le parecía una misericordia tal como se lo planteaba el médico. *Las intermitencias de la muerte*, el cáncer no le borraba los recuerdos de los libros leídos y sentía como si Saramago regresase de ultratumba para entregarle su prolijo y benévolo sobre color violeta; él quería rechazarlo, pero la muerte ya lo había marcado, tenía el sobre en la mano y la carta era una radiografía de su cráneo con una mancha negra mirándolo de frente.

—Lo siento mucho, don Arsenio, de verdad. Hay grupos que pueden ayudarle, pero lo que más le recomiendo es estar con los suyos. Si siempre quiso hacer algo, hágalo ahora.

Arsenio salió caminando; contrario a su costumbre, no tomó el taxi, tenía tres meses para llegar a casa y estallar en te quiero y muerte frente a su esposa en el momento justo. Pensaba en formas de ahorrarle el dolor y las lágrimas innecesarias. Si muriera de un tirón ya la pobre lo lloraría bastante. ¿Servirá de algo este pre-llanto? Inevitablemente, la muerte no llegó en el camino a casa; empujó la puerta con la plena certeza de que tras ella se ocultaba un Arsenio infantil y lleno de vida que poco a poco era aplastado con el chirriar de la madera. La puerta pesaba como un ataúd y al abrirla dejó de par en par el alma para que llorara su propia pena. Este era el privilegio de saber con anticipación sobre su muerte, asistir a su velorio, ensayar su esquela en alguna servilleta, practicar la pose para la caja. Estaba cansado de la caminata. Sintió sueño y rabia, ¿cómo podía dormir estando a punto de morir, con tan poco tiempo y tantos meses de vida en su haber?

Su esposa andaba en el supermercado y la casa estaba vacía. Terminó de secarse las lágrimas. Los tres meses se le desgastaban en una ansiedad que infinitamente parecía llevarlo al punto finito de su vida. Se recostó en el sofá mirando la jardinera llena de violetas que su esposa tanto cuidaba. Poco a poco se fue durmiendo sin dejar de repetirse *«el sueño es hermano de la muerte»*. Despertó maldiciendo a Virgilio, ¿por qué demonios tenía que saber tanto? Había muerto durante unos minutos en el sofá y desperdiciado la vida que le quedaba.

—Te traje papaya porque el médico dijo que tenías que comer más frutas. Vieras que caro está todo, por eso me gusta más ir a la feria, así no se puede.

Era hermosa; cierto que estaba recorrida por cientos de arrugas dibujadas sobre ella como ríos de tiempo que la llevaban al mar de la muerte, pero la de ella era aún más lejana, de ahogarse preferiría ahogarse en esa mujer y no en la muerte. No tenía sentido decírselo, había comprado papaya para él porque el doctor, porque le hace bueno, y cómo quitarle ese gusto de estarlo cuidando y dándole más vida, cómo mirarla a los ojitos y decirle que la papaya ya no sirve, que me estoy muriendo, y cierto que vos también, pero al menos vos me acompañarás a morir a mí, pero yo a vos no.

Perdoná, pero te toca morir sola, mi amor. Sí, yo sé, siempre pensé que sería distinto, pero te acordás de Saramago, ¿sí?, él también murió y yo pensaba que no se iba a morir… fijate que sí, me llegó mi sobrecito morado… No, yo sé, no me entendés; es que vos no leíste el libro. Pero acá tengo la carta, es una foto mía donde ya salgo blancuzco como la muerte, excepto por esa manchita que es un disparo de cáncer y que fue el que me mató. No, mirá, no llorés. Yo sé que los chiquillos no te van a dejar solita y te aseguro que arreglo la ducha antes de morirme; ya sé que me lo has dicho mucho, pero te juro que no me muero sin dejarte con el agua caliente. No, mejor no decirle.

—Sí, qué rica la papaya, Amanda.

En la noche abrió la jaula y dejó volar los cientos de libros. Las enciclopedias son para Matías, ahorita entra a la escuela el chiquillo y seguro las va a ocupar, aunque me ha dicho Santiago que no, que ahora los chiquillos tienen internet y ya no ocupan las enciclopedias.

Por autor fue destinando los libros a distintas personas, era su herencia, su despedida, aunque Amanda pensaba que era un sueño realizado el de tener más espacio con menos libros en la casa, que qué cansado, me tenés loca con tanto libro. Si salís, no me vengas con más libros que ya no tenemos campo. Mirá, que vamos a tener que hacer otra casa. Liberaba a los libros, los dejaba volar y el cliché también se reprimía porque los libros no regresarían, y si regresasen se toparían con un Arsenio caducado y con su escaso pelo engominado, vestido de traje y con los ojos cerrados, sin poder leer.

Benedetti, también muerto, para Carmen; Amanda siempre me celó con Carmen, creo que en realidad nunca se llevaron, pero aprendieron a disimularlo para mí. A Carmen le encantaba Benedetti.

No estaba seguro del destino de Umberto Eco, *El nombre de la rosa* tendría un público más amplio, pero qué sería del resto de libros si *El péndulo de Foucault* no lo podía leer cualquiera. Saramago fijo es para Evelyn; no le voy a dar las intermitencias, capaz que le dicen que tiene cáncer y se imagina sobrecitos morados; violeta dice el libro, la memoria traiciona y termina uno por tropicalizar la literatura. Ser o no ser, esa es la vaina.

Tenía certeza de que Macondo se trasladaría a vivir a la repisa de Gustavo y las obras completas de Miguel Hernández se embarcarían al sur hasta llegar al Chaco, Hacienda El Instante, María del Carmen Rodríguez. Ella abriría el paquete sin remitente y estaría segura de que yo era quien se lo mandaba, que había muerto. Se encerraría en el cuarto del fondo y le pediría a Serrat desentrañar la canción *Quiero apartar la tierra con mis manos*.

Siguió apartando los libros con las manos propias, no las de Serrat, y apartó a Cohelo en una esquina, no sin sentir vergüenza. Se preguntó sinceramente qué hacían esos libros ahí; la verdad tenía que ser ese espíritu que le impedía botar libros. Esos, sin embargo, no quería regalarlos a nadie, era una forma de admitir que alguna vez estuvieron en su biblioteca. ¡Qué pena!

Salieron también libros varios, *best sellers* multicolores siempre con el sellito dorado y así en inglés para que se entienda que el *marketing* es cosa de gringos, no vengan ustedes los latinos a creer que lo inventaron; en todo caso, lo que inventamos y hacemos grandioso terminamos convirtiéndolo en *best seller* y eliminamos la magia con las letritas doradas que en la portada catalogan la materia mágica en material de *merchandising* y tienda por departamentos. Justo a la par de los libros aparece un rótulo para *shampoo* y termina Neruda por estar a la par de tarjetas de San Valentín de *Hallmark inc.* Detrás de Gabo hay siempre un anaquel con Coca-Cola y otros jarabes para la tos.

Se le estaban yendo los días en clasificar sus libros por autor, por importancia y por herederos; comprobó que los libros más gustados y de mayor renombre terminaban en las manos de los seres más queridos. Se sentaba en el piso con sus pilas de libros, quienes en un ritual se despedían de él emanando aromas de tintas guardadas, de hojas enmohecidas y alguna que otra lágrima estrujada entre dos páginas, disecándose, para entregarla a alguna amada tiempo después; el inconveniente era que las lágrimas son difíciles de reubicar y a veces al releer el mismo párrafo no se encontraba la lágrima extraviada.

Amanda era, sin duda, la más amada. A ella le correspondían, por tanto, todos los libros, pero bien sabía él que a su muerte ella los espantaría con su escoba como a murciélagos invasores, tanto libro, tanta página, tanto Arsenio duplicado en tanto papel.

Los poemas suelen ser papel mojado, pero es que, si se es lo que se lee, Arsenio era esos libros, tan distintos, tan absolutamente equidistantes unos de otros, él era tanta letra regada por la sala en torres que iba amontonando y liberando de los estantes; él era ahora la ere, ahora la a, más tarde sería la letra escarlata.

Arsenio era sus libros y comenzó a releérselos todos para estar seguro de su herencia. Llevaba meses ahí, barbudo y larguirucho. Meses siendo esas letras, letra muerta, se reía él instintivamente, letra muerta. Amanda lo abandonó. En algún momento se pudo leer en este texto que Amanda murió, pero a Arsenio le dolió mucho leerlo y tachó el libro para escribir que Amanda se mudó. Arsenio seguía vivo en esa casa llena de libros, los libros se acercaban volando atraídos por la leyenda de un hombre que, a punto de morir, se puso a leer todos sus libros. Entre los libros que se colaron venía este, con la historia de la muerte nunca concluida de Arsenio; el libro incluía la muerte de Amanda, pero era una errata, un error editorial. Arsenio supuso que Amanda estaría detrás de alguna de las columnas de libros y que él llevaba tan solo algunas horas de estar clasificando los libros para heredarlos a su muerte.

Estado de cuenta

La tarjeta me negó delante del chino, juró no conocerme. El chino me miró con mirada china y acusadora, mientras con la mano derecha acercaba el paquete de cigarros hacia su lado y lo alejaba de mí. Hacía un mes que no fumaba y deseaba ese paquete más que nada, pero la tarjeta negó conocerme, dijo: «um um». Apareció una leyenda de retener en la máquina y el chino retuvo también la tarjeta, como si ella pidiese auxilio de mí, su vil secuestrador, su violador y sodomizador. La tarjeta gritaba que me desconocía y que la pusieran a salvo, yo tenía el paquete de cigarros muy lejos, o cerca, pero alejado por las rejas de dedos largos y blancos del chino, quien con sus ojos rasgados me gritaba: «*No silve, vaya fuela*». Yo con mis ojos redondos le decía: «Andate a comer mierda, siempre te compro y me vas a negar los cigarros». Los ojos rasgados se cerraron más, como el crédito de la tarjeta, y me dijeron: «*Vaya fuela, no silve taljeta*». Le menté la madre con mis ojos bien redondeados y salí escupiendo rabia y ansiedad. La nicotina que quedaba en mí tras un mes se sentía derrotada y aniquilada.

La tarjeta me negó, pidió auxilio. Debí haber escuchado con mayor atención las llamadas de amenaza. Me llamaron varias veces, pero pensé que era una burla, un enjache bravucón del interlocutor. Exigía dinero: «recuerde la fecha límite o nos veremos forzados a retirársela». Pensé que estaba exagerando, que solo era para asustarme y ver si me sacaban algo, pero no mintieron, cumplieron. No pagué y me secuestraron la tarjeta, jamás pensé que el chino estuviese involucrado.

Llegué a casa y recordé el otro secuestro, el de ella. Ella que se fue cuando tampoco pude darle dinero para sostenerla, cuando le negué la pantalla plasma, los zapatos nuevos y la ropa nueva, las idas al cine, comer afuera, comer carne todos los días, le negué la televisión por cable, el pago del celular y terminó negándome, desconociéndome cual tarjeta de crédito frente al chino. Eso fue hace quince días; de haberlo sabido no dejo de fumar, pero, aun así, me mantuve fuerte, me mantuve firme en dejar el vicio, al cabo no había dinero para cigarros tampoco.

Pero hoy la recordé y sentí demasiado mi abstinencia de ella; mi cuerpo me la pedía a gritos, exigía a Mauren bajo mi cuerpo, Mauren sobre mi cuerpo, Mauren al costado, Mauren en cualquier posición. Exceso de Mauren. Y la recordé cuando saqué el pantalón y, como siempre, no pude distinguir dentro de la casa si era azul o negro para escoger las medias que combinaran; solo ella sabía reconocerlo bajo la lámpara del cuarto, yo tenía que buscar la luz del sol para estar seguro y ese día estaba nublado y, maldita sea, no está Mauren y no puedo ponerme el pantalón, no sé qué color de medias usar. Y si estuviera Mauren me quitaría el pantalón y le haría el amor, pero no está, se fue porque mi jefe, y las ventas, y las comisiones. Y el maldito de García que sí vende, en medio de la jueputa crisis. García sí vende y cómo es que él sí vende y vos no. Entonces me fui por cigarros, porque jueputa, García fuma, y si él fuma, ¿por qué yo no?; pero la tarjeta y el cabrón del chino. Y yo sin plata, y le grité al jefe, seguro la histeria de no haber fumado, a García le rayé el carro. Vine a casa dispuesto también a gritarle a ella que no joda, comida hay, no de reyes, pero hay, lo que no hay ya es ella, no hay Mauren, y sin Mauren no hay pantalones de colores definidos, ni Mauren para quitarme los pantalones y jueputa sal, tampoco hay cigarros porque la tarjeta me niega, como Mauren, como el jefe, como el trabajo, como las ventas. Y no fumo ni cojo.

Me senté en el piso, ya sin pantalones, derrotado; busqué un estado de cuenta y una foto de Mauren. Me los fumé.

La abuela trinirogaba

Hacía más de un mes que Adriana había vuelto al pueblo con el único motivo de vender su casa de infancia, la casa de la abuela. El barrio no había cambiado mucho, la única diferencia era el moho grisáceo en el frente de lo que fue su casa.

Deambuló por San Vito sin atreverse a cumplir su destino, hasta que finalmente llegó a la casa. Colocó las cosas frente a la ventana, la espátula y los cepillos. Empezó arrancando las partes desprendidas de la pintura. ¿Era esa la pintura que había puesto el tío Alfonso? Las manos se le fueron ensuciando durante el trabajo. No, el tío Alfonso solo pintaba de blanco, no le gustaban otros colores y esta era verde. La espátula parecía arrancar fragmentos de historia y removía los recuerdos. ¿Cuántos días le llevaría terminar ese trabajo?

Seguro Manolo llegaría a ayudarle mañana. El cepillo no era muy bueno para quitar el moho. No, mañana él iría a visitar el museo, llegó una colección lindísima, no me acuerdo de dónde.

De pronto, tuvo un espasmo al ver por la ventana la vieja jaula abandonada, la espátula se le cayó de la mano y fue a dar justo sobre su pie. ¿La habrá lastimado? Era la jaula de Euríclides, el canario; sí, tenía una herida en el dedo gordo del pie.

Entró a la casa y se acercó a la jaula; aún conservaba una alfombra de periódico: «Baja el café a cinco colones por quintal».

Bajó la jaula de su gancho, la acomodó sobre el piso y recordó al maldito pájaro, el que voló cuando la abuela abría para ponerle alpiste. Estaba vieja y oxidada, la puerta ya no servía. El infeliz se fue a parar en la mesa del comedor y picoteó los bananos. La pobre abuela amaba al pajarraco ese. Recorrió el comedor, casi podía ver a la abuela persiguiéndolo; del comedor voló a la cocina, luego el pájaro se le echó encima de la cara. ¿Irá a botar la jaula de los recuerdos? Luego volvió a la mesa y miró a la abuela de manera desafiante. El infeliz pajarraco se puso a brincotear y trinaba; no, se carcajeaba, ese descarado animal se carcajeaba. ¿Dónde podrá botar una jaula tan grande? Se echó a volar alrededor de la abuela, cuitiándola, el desgraciado. Mejor llevarla a un botadero, bien lejos, para que no la vaya a ver también Manolo. La abuela le suplicaba y le porfavoriaba, le rogaba y le pordiosiaba. ¿Sería culpa de ella, de Adriana? El ave se echó a volar y subió al segundo piso. Sí, es que a Adriana le tocaba cortarle las alas de mes en mes. La abuela se fue detrás del ave casi en cuatro patas sobre las escaleras. ¡Por favor, vení!

Si no se le hubiese olvidado cortarle las

alas. El ave se paró sobre el balcón para esperar a la abuela y trinicarcajeársele en la cara. Sí, fue su culpa. El ave le dio la espalda y voló. Nunca podrá perdonarse haber sido tan descuidada. La abuela llorando le trinirogó que volviera, se echó a volar para alcanzarla. Sí, fue culpa de la juepútica de Adriana. Desde el balcón puede verse la mancha en el asfalto de lo que fue el vuelo de la abuela.

Adriana abandonó la espátula y la pintura, se dedicó a lavar el concreto bajo el balcón. Mañana le digo a Manolo que traiga un rótulo de «se vende».

Nos invade la oceanía

Rebeca miraba por la ventana con sus ojitos vacíos de mar; una oleada de autos reventaba contra el semáforo en rojo y ella se aburría mirando el cristalino negro del asfalto.

—¿Cómo se hizo el mar? —preguntó a la monja más próxima. La monja titubeó y estuvo a punto de darle una mirada de reprobación por haberla hecho vacilar ante una consulta en apariencia tan sencilla. Fue el padre Miranda quien se acercó a la niña, el mismo que la había recibido cuando la trajeron los del Patronato, le dijeron que ese era su nuevo hogar y que todo estaría bien. Dios hizo un huequito en la tierra, mi niña, echó un poquito de agua en él y dijo hágase el mar, y las tierras se abrieron formando los mares; no uno, sino muchos mares.

La niña volvió a mirar el mar de asfalto con olas de carros renovados, espumas de pitoretas y los desechos de botellas plásticas que arrojaban a la orilla de las aceras.

Recordaba el mar verdadero, recordaba una carreta y un papá. Recordaba la paz oceánica, la lentitud del movimiento sobre las grandes ruedas de la carreta de los copos y al papá medio ebrio durante el día y perdido en el silencio de la embriaguez total de la noche.

Fue la única época en que se sintió feliz,

con aquel mar azul que le prometía la inmensa libertad que su tempranera edad aún no lograba interpretar; su papá parecía ser más bueno meciendo su borrachera al compás de las olas y la golpeaba menos. Durante el día iba sentada sobre el carro de los copos; a veces descendía de ahí y se dedicaba a juntar conchas que limpiaba con sus manitas de sueños. A la noche, el papá se embriagaba tanto que ella podía sentarse frente a la arena y disfrutar de la calma tan merecida a esa pequeña edad.

Luego su padre decidió volver a San José con ella, ahí se envició más y pronto llegó el Patronato para llevarla a un nuevo hogar. Desde su llegada, hacía una semana, no había pronunciado una palabra, no había preguntado por su padre ni cuándo saldría de ahí; solo se dedicaba a mirar el mar de carros de lata que corría frente a sus ojos y pensaba que las olas de agua tenían un compás más sereno y silencioso. Solo habló para preguntar cómo se había hecho el mar.

Fue obediente con las monjas siempre, ayudaba en todo lo que podía, en lo que le solicitaban y en lo que ella creía que también podía ayudar.

Se levantó de su asiento dejando atrás la ventana con vista a la calle, sonrió al padre Miranda quien contaba las cobijas nuevas que un hotel capitalino había desechado y regalado al orfanato. Salió al jardín, hizo un hueco pequeño frente al rosal y depositó agua en él. Hágase el mar. Pero el mar no se hizo y la tierra negra se tragó el poquito de agua, convirtiéndose en lodo, sin la magia de las arenas húmedas. Pensó que debía lograr que el agua se quedará estancada antes de dar la orden, buscó en el suelo y encontró una chapita de Coca-Cola. Puso la chapita bocarriba, incrustada en la tierra, depositó aguas nuevas en ella. Hágase el mar. El mar no se hizo. Recordó que Dios había soplado sobre el hombre recién hecho de barro. Hágase el mar, y sopló el agua. Las rosas comenzaron a desprender arenas con aromas que poco a poco fueron cubriendo el suelo, excepto la chapita que contenía el agua. La niña sonreía y sus ojos se fueron volviendo cristalinos mientras reflejaban el agua que surgía y cubría todo, desde el jardín del orfanato hasta donde la vista de ella podía alcanzar. La ciudad se tornó mar, se volvió serena y llena de espumas. Los coches se convirtieron en peces que venían a besar los pies de la niña quien ahora disfrutaba del atardecer con sus deditos zambullidos en las espumas.

El padre Miranda salió del orfanato y se asombró por lo que sus ojos miraban, tuvo tiempo solo de avisar al Vaticano que el mundo entero estaba siendo cubierto por las aguas; todo el mundo frente a la mirada de la niña desaparecía en la capa azul y acuosa de la tranquilidad salina. Notifíquese al mundo este milagro, obra y gracia de Dios concedida a la niña, nos invade la oceanía.

Santa Lucías

Él estaba recostado en su cama dejándose marchitar. Hacía poco le habían inyectado la morfina y empezó a notar el efecto secundario de esta en el mundo. Primero, la gente alrededor dejó de hablar; poco a poco, las voces se iban despintando hacia un oscuro profundo. Los movimientos en su entorno eran perezosos, pesados como sueños inconclusos. La luz se paralizó de una forma extraña sin ese ir y venir acostumbrado en la vida, como si se hubiese dado cuenta de que solo las pupilas de él la miraban, como si la luz de repente tuviese que preocuparse solo por él. La luz estaba absorta en el único ser que seguía existiendo, lo miraba sin parpadear, temiendo verlo oscurecer y que así llegara la noche.

Él dejaba que la luz lo mirase y le recorriera el cuerpo. Sabía que lo habían inyectado con morfina y desde entonces el mundo murió, pero a él no le importaba, se preocupaba solo por el punto inmutable de alguna mancha en el cielo raso. El punto lo inquietaba, seguía ahí, inmóvil, observándolo; el punto sentía envidia de su existir. Miró al punto fijamente, trató de gritarle y notó que su voz tampoco existía, que manaba como un canto lento y primitivo.

Había llegado al hospital porque, y no había marcha atrás, ya no podía existir, ya no tenía razón para ello. Se había amputado el alma en un intento suicida de lucidez y cordura, tal vez sin alma le fuese más fácil volver a existir. Lo había perdido todo, hasta la musa más enana, la de los pies fríos. Perdió también poemas y filigranas, la navaja con la que solía desnudar naranjas, el mapa que le guiaba a la locura, el agujero donde solía tropezarse cuando corría demasiado deprisa. Un internista apuntó la causa de los males en la hoja de registro con extrema vehemencia, de forma inusual para un aspirante a médico: «Este hombre lo perdió todo».

Era enero, intentó suicidarse amputándose el alma. La morfina aún hacía efecto sobre el mundo, pero ella apareció con su cesta llena de santalucías, tomó las flores en sus manos y se las dio a oler a él. Se llenó de esperanzas. Ella hirvió unas cuantas flores en su boca, les extrajo el néctar y le inyectó el púrpura en los labios. Tomó varios ramos que pasó de arriba hacia abajo en su cuerpo, el hospital, por suerte, seguía sedado para que no notase las curas de la hechicera con flores de santalucías. Derramó varias flores por encima de él, hasta dejarlo completamente empapado en el éxtasis de florecer al sol en medio de la hierba. Una última santalucía brotó de la boca de ella, la tomó con sus manos y le hizo cosquillas en la nariz. Él no pudo evitar sonreír, se levantó de la cama. Algo había salido mal, su alma no había sido amputada, lo supo cuando abrazó a la hechicera y se llenó de ella. Ella, tan llena de santalucías.

Se levantaron y se fueron mientras el cuerpo de él, el hospital y el mundo seguían sedados.

Desnudo de ella

El pecho de él estaba desnudo del pecho de ella, llevaba así ya demasiadas noches. La ausencia de esa prenda había provocado una tos necia que no lo dejaba dormir bien. Luego vino la costumbre de dormir boca abajo para engañarse y pensar que ese contacto era el pecho de ella ronzándose con él. Aún quedaba pendiente solucionar la ausencia de las piernas enredadas.

Se despertaba con algo de tos y lamía la poca luz que entraba por la ventana hasta llenarse de lucidez suficiente como para aceptar que vivía, que ella no estaba a su lado en el lecho, que no volvería.

Salía y hacía los ejercicios rutinarios; se encontraba con Miguel, como siempre, y le contaba de nuevo acerca de la belleza de ella: «Es que si vos la vieras, una mujer así, cualquiera se enamora».

Luego del sencillo desayuno se iba a dar una vuelta para beber un poco más de luz. Al mediodía se sentaba con sus amigos y les contaba cuánto la extrañaba, ya se había vuelto costumbre el relato meridiano de cómo era ella, de su forma de ser, de sus piernas, del cabello de ella, de la boca de ella y sus dientes con risa. El relato seguía hasta que se sentía demasiado melancólico como para proseguir o hasta que notaba en los ojos de alguno de sus amigos demasiada excitación por los detalles que él les daba respecto al cuerpo de ella y su manera de amar.

Ya al final de la jornada, solía sentarse a trenzar el atardecer, pensando que las hebras de luz eran del cabello de ella, que ella se sentía lista como el sol para anochecer, para ocultarse tras las lomas y empezar a gemir como gata en el tejado.

Pero no llegaría, y aunque había una gata en el tejado mirándolo, no era ella. Fueron muchas noches así, le costó tanto acostumbrarse a su ausencia. Lo que más le dolía era no poder visitar la tumba de ella, besarla y llenarla de flores, derramar lágrimas sobre la placa de mármol, suponiendo claro que fuese de mármol.

Tendría que aceptar de nuevo, mirando hacia el cielo raso, que él había hecho sangrar el pecho de ella, que por eso estaba en esa celda, que nunca mereció la risa de ella.

Ella y el fútbol

Ya era el tercer pase y la afición decía «olé» de nuevo; los defensas se enredaban entre sí y se pasaban una pelota imaginaria, nuestros delanteros tenían el poder. El mundo se detuvo bajo el pie de Sánchez, el arquero comenzó a recitar una vieja plegaría, fue un momento condensado en un solo puntapié; la pelota entró y se tatuó en la red durante un instante. El arquero la miraba furioso y adolorido. El árbitro pitó, nuestro país llegaba por primera vez a semifinales en un mundial y una botella de cerveza cayó al piso, fue herida de muerte, yo contemplé su cadáver y luego vi que mis compañeros de mesa estaban todos en posiciones distintas a las originales: Carlos abrazaba la pantalla y Giovany prácticamente había abandonado el restaurante chino, declarado bar para el partido. Algunos de la mesa de al lado cayeron de rodillas y otros se abrazaban. Yo estaba aún sentado y un impulso me hizo levantarme al tiempo que el narrador seguía gritando gol, mientras yo aplaudía como tonto.

Fue entonces que recordé que no me gusta el fútbol, que estaba ahí porque ella no estaba, no estaba en ninguna parte, al menos donde yo la quería, que me había dicho que hasta luego, pero no habría luego, que ese día estaba probablemente con él y que yo no era él.

Ese día me embriagué, bebí dos cervezas más y escuché todos los análisis técnicos y ebrios que me atacaban y cometían faltas en mis oídos. Mi cerebro procesaba todo en tiempos desiguales y nunca logré hacer una alineación de ideas. Yo los veía a todos felices y rebosantes y me preguntaba qué hacía yo ahí, ni siquiera entendía qué era una posición adelantada. Recordé que estaba ahí porque ella no estaba en ninguna parte, o probablemente estaba en algún lado, pero con él, y yo no era él.

Encendí varios cigarros y noté que a mi lado estaba mi musa, la que escribe mis poemas, bebiendo cerveza, ya borracha. Coqueteaba con el humo de los cigarros y se fue a bailar entre las mesas; me miraba con desprecio y seducción, me pidió escribir juntos una copla borracha y la rechacé. No me perdonaba que la tuviese de lado por extrañar a la otra, la que no estaba. Una escribía mis poemas, otra era la víctima de los poemas. Con dos cervezas más noté que la una no sirve sin la otra.

Me levanté y celebré la victoria una vez más, la musa que escribía mis poemas se quedó ahí sentada, siguió bebiendo y no se dio cuenta de que yo había salido. Supongo que sigue ahí, ebria.

Desde entonces no escribo y trato de

entender más los análisis del fútbol.

Federico García

Federico García alimentaba a su ave con mal agüero mientras la vida se le escurría torpemente bajo los pies. Torpemente, el tiempo pasaba en su vida, esa vida torpe donde nunca nada avanzaba; mientras el mundo desfilaba hacia un tiempo más cierto, él se estancaba alimentando con mal agüero a su cuervo amarillo. Tres meses ya, me habían dicho que solo quedaba uno. ¡Qué mierda!

Fue en ese tiempo que decidió recuperar su vida y quitársela al mundo que no lo invitaba al avance. La vida no podía continuar en tanto la muerte no llegara. Decidió por fin tomar control de su ser y quitarse la vida: abrió la jaula, dejó escapar al canario negro, se encerró en el diminuto encierro, comió alpiste. Voló, voló hasta la inmensidad de la jaula, y desde lo más alto se dejó caer.

El tiempo se detuvo en la jaula, mientras el mundo avanzaba hacia un torpe mundo sin Federico.

Historias de un padre afgano

Siempre tengo el mismo sueño, es recurrente. Mi hijo juega en las escaleras de piedra con recortes viejos de periódicos, toma uno en sus manitas pequeñas y me muestra la foto de un soldado rubio. Entonces pregunta: «Papá, ¿qué era la guerra?». Y yo lo miro con alegría y le digo que es algo ya muy lejano, que casi no recordamos lo que era, gracia a Alá.

Es un sueño, claro está, porque despierto y recuerdo el grito de cal, piedras y polvo que llenó nuestra casa mientras yo cenaba y el niño jugaba en el piso con trozos de madera. Las piedras me arañaron la frente y mi alma veía cómo el niño era tragado por una nube de cal. Un llanto lejano iluminó el pueblo, mi hijo era ahora escombros entre escombros, una roca inocente bajo las piedras de lo que fue mi casa.

La sangre lloraba en mi pecho, mis manos yacían ya lejanas en algún sitio del desastre, junto con la risa y los cantos de mi hijo.

Y yo con mis muñones escarbé las arenas de lo que fue mi vida, y con gritos clamaba la resurrección, clamaba a Alá por la justicia, por perder también mis piernas para recobrar al niño.

El desahucio de la alegría cubría un cielo cristalino y ceniciento, mientras los hombres y las mujeres aullábamos. No bastó la magia de la que le hablé al niño sobre Aladino, ni el exorcismo lúdico de Sherezade para seducir al pentágono. Desde entonces escuchamos a diario en nuestra cabeza las mil y una noches de masacres.

Ahí estaba ya el cuerpo inerte del hijo; no era mi hijo, era otro, era el hijo de la muerte; el mío reía y jugaba, me preguntaba y halaba los pantalones. Este hijo muerto no era mi hijo, era el hijo de la muerte, pero yo mismo era ya la muerte y clamé por que se declarara su presencia en mis sienes. Lo levanté como ofrenda ante la luna, esperaba el abrazo de consuelo de alguien, pero todos en derredor ofrendaban sus propios muertos a la luna.

Una bandera de franjas rojas y estrellas blancas ondeaba a lo lejos satisfecha. Los ojitos cerrados de mi hijo no podían verla. Y ya no está mi hijo jugando, sigue en mis brazos durmiendo, recostado, con este hombre sin manos y sin hijo. Y si él pudiese hablar, si pudiese decirme algo, diría: «Papá, ¿por qué la guerra?».

Contraportada

Una vez había una vez en que hubo varias veces juntas. Estaba la vez de ayer con la de más tarde, también la vez de ahora con la de hace un rato. La vez aquella que te conté con la vez que no quiero recordar. En medio de todas las veces correteando estaba yo, siendo niño.

Niño para desear recorrer todas las veces de una sola vez, queriendo ser grande, grande para ser libre. Libre de recados de mi escuela, libre del tirón de orejas de mi padre, libre de los rosarios de mi abuela, de las lentejas de mi madre. Quería ser grande para ser viejo.

Un día en la escuela, mientras la maestra me regañaba, salí corriendo apurando tiempos y veces, choqué contra el pizarrón y mientras me sobaba la nariz me vi dibujado ahí. Yo estaba sentado, era ya adulto, habían pasado muchas veces. Era grande, grande para querer ser niño. Ser niño, más egoísta en mis juegos, menos comprometido con mis obligaciones. Ser niño y esconderme de la tarea meciéndome en una hamaca a plena luz.

Una hamaca, un fantasioso mecer. Ser niño para mecerse. No con mis piernas de ahora tan largas y aferradas a tierra. Mis pies en tierra me hacen permanecer, solo me dejan ver una realidad que es de un mal gusto fantasiosa. Una horrible irreal realidad. La fantasía en cambio se embellece cuando se llena de ambigüedad.

Tener piernas cortas para mecerme en el columpio, mecerme para volar, volar para soñar. Soñar siempre que estoy despierto, despierto para desear volver a dormir. Dormir para soñar que hubo una vez varias veces que fueron siempre una sola vez.

Desperté algo retrasado y disperso con algunas imágenes de no sé qué hamacas y pizarrones chocando entre sí. Me bañé de prisa y salí sin desayunar. Cuando salí de casa repasé los mismos rostros diarios de siempre, caras muy apresuradas, como la mía, tanta prisa había terminado por robarnos los nombres y el buenos días.

A las siete y cincuenta estaba encendiendo mi computadora, mi jefe había llegado antes y me llenó de *mails* recordándome mis obligaciones. Mis obligaciones se resumían en una: satisfacer todas las necesidades de él. Él, por su parte, solo atendía una necesidad mía: darme de comer. Comer para estar fuerte, fuerte para trabajar. Trabajar, luego volver a trabajar con el afán de comer, comer con el afán de tener fuerza y trabajar, trabajar día tras día, tecla tras tecla, *mouse* tras *mouse*.

Prohibido hablar más allá de dos sonrisitas con Cinthya. Trabajar, vender, digitar, diseñar: casas, estancias, salas, dormitorios. Sueño… ¡Café!

Bajé al comedor común y me senté a tomar un mesiánico café. Mientras tomaba mi estimulante, pensaba en lo hermoso que sería ir a casa a dormir. ¡Qué rico dormir! Dormir bastante para mañana venir a trabajar sin sueño. Justo en la mesa del frente, la secretaria nueva de finanzas leía un libro. Vi mi foto en la contraportada. Gabo había escrito el prólogo y varias célebres celebridades celebraban mi obra. En las librerías se agotaban mis libros y yo posaba un millón de veces para la misma foto de contraportada.

Definitivamente, el café no me estaba sirviendo. Me froté los ojos y volví a la realidad. En la foto había un hombre, muy famoso, que no se llamaba Yo.

Yo, yo quería ser escritor, pero aquello requería tiempo y no lo tenía. Hay que trabajar para comer, comer para trabajar. Para escribir también hay que comer, pero escribir no sirve para comer. Eso me dijo mi madre mientras me botaba mis Mamitas Yunais y sentenciaba a Kafka a mutar bajo llave en el armario.

Ahora de escritor solo me queda un sorbo de café, beberlo y subir de nuevo a trabajar. ¡Murámonos Federico!

En el ascensor, varios hombres miramos las piernas esbeltas de la secretaria de don Julio. Aquella mujer ameritaba un poema, sus piernas merecían la humedad de la tinta y la embriaguez de mi amor destilado, pero cuando se bajó todos los demás solo atinaron a decir: «qué rica». ¿Cómo explicarles la embriaguez de mi poema a esos? Sobre todo cuando Fabio ya hablaba de fútbol y mi Whatsapp preguntaba por el expediente de los Giraldi.

Cuando entré a la oficina, había una sinfónica catástrofe de ejecutivos dirigidos por los gritos de mi jefe: «¡El archivo de los Giraldi, encuéntrenlo!»

Todos los escritorios abrían la boca solo para decir: «aquí no está», y cerrarse con un hojalata canto tenor.

La cuenta era mía, era la más importante y elevada del año, todo el departamento dependía de cerrar ese trato. Los Giraldi habían llamado para decir que siempre sí, ajá, sí. Claro que sí. *Caro mio!* Quiero que diseñes la casa de mis sueños, *caro mio*. Caro, caro les estaba costando tanta ocurrencia en el diseño.

En el expediente estaba todo: los datos telefónicos, calidades personales de los Giraldi, los papeles bancarios, los detalles para la constructora escogida, los disimulos de costos para la municipalidad, los costos inflados para los Giraldi. *Caro, caro mio!* Carolina, la hija de los Giraldi, la segunda firma en papeleo. Caro, Caro mía. Tantas veces la quise invitar a comer por el gusto de escribirle en una servilleta un poema para llevar. Al cabo en cada negociación, ella me regalaba a mí miradas para llevar, llevar a casa para soñar, soñar que estaba despierto con ella.

—Sos un incompetente. Estúpido, siempre has sido el peor, pero esto es el colmo.

—Señor, déjeme buscar, vengo entrando.

—Si no aparece, no aparezcás vos tampoco mañana.

Mañana, mañana va a ser hoy, y entonces hoy será mañana, pero por hoy mejor busco el archivo para llegar a mañana. Efraín se sentó haciendo mofa de mi situación, mientras Cinthya me ayudaba a remover toda la oficina. Curiosamente, el expediente apareció entre las cosas de Efraín, pero no era tiempo de duelos. Revisé y todo estaba intacto. La lista telefónica de los Giraldi, el nombre de ella, Carolina. ¿Se fijará una muchacha como ella en un tipo como yo? No creo. ¿Y si le gustaban los poemas? Seguramente no.

Se casará con un caro tipo aristocrático, harán el amor con clase, sin sudor, y él la preñará aristocráticamente; aristocráticamente parirá a sus hijos con epidural. Tal vez alguno de los polluelos quiera ser escritor, y aristocráticamente le estamparán su foto en contraportada.

Aló. ¿Señorita Giraldi? Sí, ¿cómo le va? Pueden pasar esta tarde a firmar el contrato. —Soñar —. Me gustaría luego invitarla a un café. No, no se apene, sería un gusto. ¿Sabe? Siempre he querido decirle algo. Yo, yo con usted no lo quiero intentar, quiero lograrlo. Déjeme terminar, se lo ruego. Si tan solo me diese un beso, yo estaría atrapado por siempre. —Despertar—. Sí, dígale a su padre que traigan la copia de la certificación. Un gusto, los espero a las tres.

A las tres, triste, me desplomaba en la sala de reuniones A.

—Señores Giraldi, su ejecutivo tiene un magnífico plan para acelerar las obras.

Acelerar, acelerar el tiempo y besar sus pies. Sus pies, que pisoteaban mi tristeza recién suicidada a las tres.

—¿Cuál es el plan, *caro mío*?

¡Caro! Sus pies y mis pies, en la alfombra, ¿Se tocarán?

—Sí, mire, si empezamos la obra con los anexos de la casa: garaje, casa de huéspedes, etc. Nos daría tiempo de recibir la marmolería especial que está en aduanas y que como usted sabe siempre se atrasa. Las piezas vienen ya cortadas y es mejor adaptar el gris al mármol y no al revés. Así todo calza, pero, además, conseguí que la municipalidad vaya en las primeras semanas a inspeccionar, verán poca cosa y podremos bajar costos en los permisos.

—Genial, ingeniero, genial.

—Empezaremos en un mes, señor Giraldi,

su ejecutivo lo mantendrá al tanto de todo; él es el mejor abordo.

¡Abordo! Abordo me senté en mi escritorio y miré la computadora. Internet. Navegar, abordo naufragar. Me reescribí los veinte poemas de amor y una canción más desesperada que la original. Naufragué: cgiraldi@giralditours.com. Enviar.

Al día siguiente mi liquidación me esperaba jubilosa junto a mi jubiloso jefecito.

Fue duro encontrar trabajo, definitivamente escribir no sirve para comer, no lo vuelvo a hacer.

En mi nuevo empleo, un día, varias ejecutivas suspiraban frente al monitor. Había una larga cadena de reenvíos y justo abajo mis poemas.

—Son lindos. ¡Si a mí me escribieran así!

Sonreí, estaba en contraportada.

Barquito de papel

Cansado de tanto estar cansado, el viejo Marcial Roldán sentó sus años a descansar en una banca del parque, justo frente al lago. Las gotas de sudor estaban acostumbradas a repintarle las mil arrugas del rostro. Llevaba una vieja gorra y unos zapatos que, al igual que él, habían perdido el mirar y se resignaban a tropezar cada tanto.

No ha comido en tres días, pero es tanta la costumbre al hambre que termina por no sentirla, o sentirla normal, eso no se sabe. Le bastará con solo el alcohol que un boticario le dio para quitárselo de encima y lograr sacarlo de su negocio. El amargo licor le rejuvenece dulcemente la garganta y enamorado de amores empieza a cantar viejas canciones obscenas.

Mira a un niño jugando con su barquito de papel, un barco de papel tan frágil, tan inocente, que poco sabe del agua que le carcome. Un niño tan puro, tan querido, que poco sabe de la vida que lo corrompe.

—Cuando fuiste niño, Marcial, tenías casa, familia y comida, te querían Marcial, te querían. ¿Qué habrá pasado?

El licor se hierve en el estómago de Marcial, quien mira asombrado al niño.

—¡Existe la felicidad, existe!

—Sí, sí existe, Marcial, pero no es contigo.

Marcial siente envidia del niño, del barco

libre y puro. El licor va royéndole las venas, difundiéndose como alegre evangelio etílico de la resurrección del licor en el cuerpo. Tantos días sin un trago. El viejo siente una mezcla de calor y frío. El barquito se aleja, tal vez demasiado, parece un punto. El silencio se va apoderando del parque, no, solo de Efraín. Poco a poco el viejo se va sintiendo adormecido, algo no está bien. —¿Qué te pasa Marcial, qué pasa? El viejo siente al niño y al barco alejarse y luego acercarse una y otra vez, confusamente. La sangre y la carne le hierven, pero la carne está pavorosamente fría. Marcial siente miedo, algo le asusta. Poco a poco se vuelve etéreo, el viento le traspasa la piel hurgándole en su estómago, en su pecho. El barquito de papel parece hundirse, el viento también se ha empecinado en destruirlo. ¡Es el viento, el maldito viento queriendo destruirlos!

Marcial se siente iracundo, quiere desgarrar al viento, debe salvarse y salvar al barco. Con sus diminutas manos, toma la orilla del barquito obligándolo a virar, salvándolo de hundirse. Sereno, pero con fuerza, logra alejar al barco de la tormenta.

Marcial es ahora un diminuto marinero a bordo de un barquito de papel; el viento lo redujo a esto, a un pequeño hombrecito a bordo de un navío infantil. El barquito, nacido de cuaderno, tiene letras más grandes que la propia cabeza del tripulante. Sin embargo, la pequeñez no le molesta, el viento no logró destruirlo y pudo salvar el buque.

Se siente libre y dichoso, es un hombre distinto y puro como el infantil papel sobre el que navega.

Logra virar a estribor, el viento es ahora manso. Un estruendoso graznido remueve las aguas. Un enorme pato intenta engullírselo.

—No me matarás imbécil, no ahora que soy un heroico capitán. ¿Me oíste?

El ave intenta picotearlo varias veces, pero Marcial zigzaguea el buque hábilmente para poder salvarse. Sobre el agua flota una pajilla; es arriesgado, pero él se ha vuelto heroico y no reconoce al miedo, logra colgarse del borde de la nave y juntando sus pies sobre el agua logra asir la pajilla. Luego suelta la mano izquierda para tomar de entre las piernas la transparente herramienta. Es un arpón que bien sirve tanto para beber como para matar. Cuando el ave se aproxima en un nuevo intento, Marcial logra arponearlo en el ojo izquierdo; el pato se aleja con un doloroso quejido.

—Por mi madre que soy un héroe. Jajaja.

Pasa el resto de la tarde navegando sin novedades, disfruta de un viento fresco y un sonrojado atardecer. Está ebrio de heroísmo y se duerme cantando canciones obscenas. Es pequeño, pero eso no es tan grave; ahora una miga de pan será un banquete y una gota de vino olvidada en una botella alcanzará para una orgía. Poco a poco se acerca a la orilla. —¡Tierra firme! —grita enardecido.

Desciende del barco usando una vieja lata de cerveza como muelle. Vuelve a tierra. Ha navegado el oceánico lago de costa a costa.

Mira al otro extremo del lago. El viento lo traspasa, de nuevo es etéreo. Con dolor y pavor se reconoce al otro lado del lago, ya muerto, sobre una banca, mientras un barco de papel duerme en el fondo del lago.

Dios, Gael y el esperanto

Vivir es sumamente fácil, al menos cuando se tiene diez años. Gael tenía once cuando su vida comenzó a desmoronarse. Años más tarde llegaría a pensar que el ascenso en la madurez era una irónica forma de descender en la vida.

A los once años, justamente, perdió a sus padres, fue protegido entonces por su abuelo, un viejo anarquista español que se empeñó en enseñarle el misticismo libre del esperanto como lengua futurista y de unificación.

Aprender a hablar en esperanto le permitió a Gael no solo hablar, sino también pensar en una forma más universal.

Ya de grande, logró graduarse y obtener los mejores promedios en su universidad, se esperaba de él con la fe de quienes hablan el esperanto; logró de verdad un excelente escritorio con vista a una nube en un inmenso *call center*.

Se desgastaba, la nube se caía en trozos de agua al suelo y Gael levantaba las esperanzas de clientes decepcionados; la nube se comenzaba a formar de nuevo y el teléfono anunciaba un nuevo cliente que salvar del abismo.

Fue culpa de la nube, de tanto mirarla y entreabrir el pequeño vidrio; un día mientras atendía a un cliente, descubrió que las nubes hablan esperanto. De ahí comenzó el

descubrimiento de un mundo oculto, un mundo guardado para santos y sabios, dioses de diferentes religiones e incluso locos.
Al día siguiente, descubrió que su perro hablaba esperanto, también la gata de la vecina, los árboles, el sol, el viento; incluso un día Dios le habló en esperanto, le dijo cuán solo se sentía, que parecía que nadie quería entenderlo, ya nadie hablaba su lengua y por eso no existían nuevos profetas, Dios se sentía tristemente humano. Gael se ofreció como nuevo profeta, pero Dios se había encariñado ya con él y prefirió salvarlo del martirio de la santidad.

A pesar de eso, ni Dios pudo salvar a Gael de la ignominia de los hombres. Pronto Gael empezó a hablarle en esperanto a sus clientes, quienes frustrados colgaban perdiendo todas sus esperanzas; la cantidad de suicidios en Estados Unidos fue creciendo con un número muy paralelo a los clientes que le colgaban a Gael. Los cuerpos eran encontrados sosteniendo una factura en la mano, cuya garantía nunca supo hablar el idioma de Gael para salvar a sus amos de la tragedia de un consumista sin garantías.

Triste y marchito, Gael fue a llorar donde su novia, quien al no lograr entender una palabra de lo que este le decía terminó llevándolo al hospital psiquiátrico. Gael se sintió un poco acompañado al conversar con otros locos, pero le frustraba la ineptitud para una comunicación universal por parte de los médicos. Si tan solo supieran hablar con el alma sabrían que el problema no está en las mentes, en los fármacos, los maquinazos. El problema está en no saber entenderse entre unos y otros, entre nosotros los mortales y ellos, los avanzados, a quienes para simplificar y no humillarnos tendemos a llamar locos.

Gael escapó, varias ratas le dijeron cómo utilizar las alcantarillas para salir de ahí; ahora las ratas lo miraban con miradas más humanas que los hombres.

Fue a vivir a una montaña donde Dios descendía de vez en vez para hablar con él y sentirse ambos acompañados. Pero fue inútil, Dios, siendo Dios, no era la compañía que necesitaba Gael. Gael ansiaba las manos de una mujer en su mejilla, en su hombro. Hubiese querido Dios hacer hombres y mujeres de barro para darle compañía, pero tenía malos recuerdos de la última vez que lo hizo.

Entonces Dios se apiadó y le ofreció del fruto de un árbol milenario, de uno del que habían comido el último hombre y la última mujer que hablaron un esperanto tan puro como el de Gael. Gael lo comió y al abrir los ojos estaba de nuevo en el *call center*; la nube comenzaba a formarse, silenciosa, callada. No así el teléfono.

Ingrávida de muerte

El olor a rosas, aserrín e incienso en la calle le recordaron la prominente llegada de su muerte. Cada día la veía venir más cercana y menos ausente. La procesión continuaba y, pese a las súplicas de Remedios, ella no cedía el anda porque quería cargar con aquel peso de la imagen de la Virgen de Fátima. Cercana la sepultura, necesaria la expiación.

Era una santa y, como buena santa, no se sentía merecedora del cielo. Sin hijos, sin nietos, ni siquiera sobrinos, se había sometido a la santa devoción de la soledad, a la contemplación de una casa pulcra, a los rosarios donde Remedios, a las reuniones de las damas marianas, a hacer arreglos florales en el altar.

Extenuada, ya finalizada la procesión, se entregó al rosario en la compañía de la virgencita en su cuarto. Cerró la puerta con llave, más por costumbre que por seguridad, y se dejó dormir, a sabiendas de que eso era un ensayo de la muerte.

Al día siguiente, requirió a los párpados su apertura, y ellos respondieron. Se sentía traicionada, su cuerpo era incapaz de morir. Pasaron muchos días, muchos rosarios, muchos meses, muchas reuniones marianas, muchos años, miles de pétalos en el altar, y la muerte no presentaba su rostro.

Angelita viva, ingrávida de muerte, comprobando para su dolor cada mañana que podía abrir los parpados, que, si conjuraba a la mano, esta respondía. Incluso, el pie marchito recubierto de varices, respondía, también ese.

Las madrugadas frías le anunciaban que debía arroparse con su sábana y que seguía viva. —¿Por cuánto tiempo, Señor, por cuánto tiempo?

La muerte la visitó al fin un día y durante el frío de la madrugada, mientras ella se arropaba en la sábana; la muerte prensó una esquina de esta con sus dedos blancos y crujientes, haló la sábana y Angelita respondió con un salto. —Santo Dios, Santo Fuerte. ¿Ya vienes por mí? La muerte la miró y le sonrió en esa forma patética que suelen sonreír los esqueletos. Sin decir una palabra, se acercó al altar de la habitación y colocó al San Antonio de cabeza, luego salió por la puerta, tal como lo haría un mortal, sin complicadas desapariciones.

Angelita comprendió el signo, debía casarse para poder morir. Se dedicó ahora a compartir el rosario con los maquillajes, con visitar al estilista. Remedios sonreía y le decía que la coquetera le había entrado ya de vieja, pero que qué bueno, mire que la veo más viva. Esa frase carcomía a Angelita.

Frecuentó los parques, los asilos de

ancianos, los bingos, sin dar con un hombre que la desposara. Remedios murió y Angelita se sentía traicionada, por su cuerpo y el cuerpo de Remedios. Uno insistente, el otro cobarde.

Pasó varios meses postrada en la cama, sucumbiendo ante la aparente muerte de la noche y la vida que renacía en el ventanal, lamiéndole la piel arrugada y venosa. Pasó así muchos días, sin levantarse ni comer. Dormía, luego despertaba solo la mente y ella no se animaba a abrir los ojos, tenía esperanza de abrirlos y verse muerta, pero los párpados se abrían legañosos, ofreciéndole el espanto de la vida.

Salió al jardín y se sentó sobre la mecedora, dispuesta a convertirse en mito, a dejar que los niños la burlasen y las vecinas curiosas la miraran con extrañeza. Ese día cumplía ciento treinta y siete años, ya hace mucho tiempo de eso. Por las tardes siempre se le ve saludar a nadie, es la muerte que pasa y la saluda con su risa sádica. Angelita responde con un leve mover de su mano y una risa triste, ingrávida de muerte.

El barrio transmutado

El sol reptó hasta esconderse tras la línea de edificios que lo observaban por el oeste. La ciudad transmutaba de la cálida y serena a la noctámbula e inquieta. Vi cómo San José jugaba en una metamorfosis que la llevaba de la ciudad trabajadora y confusa a la vagabunda y fría. Los transeúntes que temprano caminaban, apurados pero tranquilos, ahora caminaban apresurados, con una mirada de reojo hacia cualquier sonido a sus espaldas. Tomé el autobús a la misma hora de siempre, a las seis y diecisiete, no sin antes cumplir con el rigor de comprar una caja de cigarros y un chicle mentolado a la niña de la esquina. Fumé un cigarro sin prisa, no había gente en la fila. Logré colocarme de tercero y mentolarme la boca con el chicle. La fila parecía ser una repetición de rostros y de pies cansados, éramos los mismos de siempre más uno que otro irregular junto a dos muchachos nuevos. El autobús salió a la orden del cheque, puntual, a las seis veinticuatro.

La ruta no mutaba; el mismo embotellamiento en el mismo punto, los mismos que se sumaban en las diversas paradas. El mismo cansancio sentado en los asientos de todos los días, deseando llegar a casa para dormir, tal vez ver un poco de tele o jugar con los niños, los que los tienen, o hacer el amor, cocinar, alistar todo para el día siguiente y repetir lo mismo.

El autobús continuó rugiendo por la cuesta de Guayabos, ya se divisaba al fondo el destino común de todos. Algo rompió la monotonía, la iglesia había sido remodelada, ahora era enorme y gris. ¿Cuándo hicieron eso? Un rótulo nos indicó que el nuevo nombre era Templo de Raciocinio Intelectual. De repente nuestro barrio parecía más grande de lo que recordábamos, el conductor nos comentó que desde el viaje de las tres veía todo muy distinto.

El bar parecía también más grande y estaba dividido en dos; en uno bebían personas en apariencia adineradas y en otro había indigentes, maleantes, gentes extrañas y desafiantes. El parqueo marcaba la diferencia; de un lado autos de lujo; del otro, autos demacrados y motocicletas. La calle principal parecía una monótona y fría ciudad. Al virar entramos en área nueva para mí, las casas se habían convertido en tugurios con búnkeres reinantes en cada cuadra. ¿Qué pasaba?

Todo era diferente, nadie se atrevía a tocar el timbre; un árbol o el nombre de un negocio, pero con aspecto diferente, parecían indicar las paradas que debíamos hacer para bajar del autobús, pero nadie se sentía seguro.

En una esquina, una niña lloraba y preguntaba por sus padres; más adelante, dos motociclistas invitaban por las armas a un hombre a bajar de su auto. Al pasar la pulpería del chino, o eso parecía, un hombre ajusticiaba a otro golpeándolo con un tubo en la garganta, mientras otro acercó un arma a la sien de la víctima. El chofer atinó a acelerar mientras escuchábamos un disparo, ahora lejano.

Ya varios nos agrupábamos en la puerta ante la visión de algo que se asemejaba a nuestra parada, pero en cada lugar ocurría algo que hacía al chofer acelerar. Todos callábamos, algunas mujeres lloraban y algunos niños decían que tenían hambre.

Yo no atinaba a bajar del autobús, le consulté al chofer si se había equivocado y me miró con sorpresa y resentimiento. —No, esta es la ruta. El autobús daba vueltas tratando de encontrar el vecindario que habíamos dejado en la mañana. Transitábamos por una jungla de insultos y violencia. Una mujer corría desnuda con un cuchillo en la mano.

Yo pensé en mis hijos y me pregunté si estarían a salvo en casa o si deambulaban igual que yo en el autobús escolar. ¿Serían ya parte de la jungla?, y si lo eran, ¿eran leones o gacelas?

Nos fuimos acostumbrando a andar en círculos, bajo el abrigo cerrado de un autobús con las ventanas sudorosas. Los gritos y las sirenas se asomaban a lamer las ventanas. La camaradería y la comprensión mutua, los abrazos y los “todo irá bien” eran repartidos entre los asientos. Ya nos sentíamos una familia, desterrada de sus hogares, nos sentíamos camaradas. Y todo ocurrió durante un solo día, mientras estábamos distraídos trabajando. El chofer nos dijo que tratáramos de dormir, eso hicimos, hasta que dos muchachos de atrás se levantaron, sacaron un arma y anunciaron: «Esto es un asalto».

Las tormentas en esta época del año

Todos estaban a la orilla de la acera esperando ver pasar la vuelta ciclística. Raquel se abrió camino entre el tumulto y logró entrar en la comandancia. El alcalde se puso de pie y le señaló con la mirada la celda del fondo; ella sacó un pañuelito para limpiarse las lágrimas, mientras el alcalde abría la celda.

—Ahí está. —Raquel guardó el pañuelo.

—¿Cómo pasó?

El alcalde, miembro del partido conservador, levantó los hombros y la frente con indiferencia.

—Un rayo, estaba ahí sentado y le cayó encima.

—Pero, ¿adentro de la celda?

—Usted sabe cómo son las tormentas en esta época del año.

Raquel observó el cuerpo de su esposo, lo más raro de todo fue que el rayo le había entrado por el pecho y salido por la espalda formando un pequeño agujero como de bala.

—Llévéselo, no queremos pendejos revolucionarios muertos en nuestras celdas.

—¿Pero cómo me lo llevo yo sola?

El alcalde se acomodó la visera y le dio la espalda.

—Ese es su problema. —Se fue y los dejó solos en la celda.

Ella lo puso sobre una sábana andrajosa que encontró.

—Vos y tus revoluciones. ¿Cómo me dejaste sola?

El muerto la miró con sus ojos cerrados.

—Fue sin querer, Raquel, ya no lo vuelvo a hacer.

—Vos callate, muerto odioso.

Raquel lo fue arrastrando como pudo hasta la calle, la gente vitoreaba al primer lugar de la ciclística que iba pasando en ese momento. El ciclista no pudo evitar ver el rostro del muerto que llevaban arrastrado.

—¿Es el coronel Octavio Mendiola?

Raquel jadeaba.

—Sí, me le cayó un rayo en la comandancia, ayúdeme a llevarlo.

El ciclista se apeó de la bicicleta, saludó al cadáver.

—Al coronel lo llevamos como héroe.

Detuvo el auto del perifoneo y como no había espacio en la cabina lo acomodó en medio de los altoparlantes. El coronel quedó sentado de manera muy solemne, mirando hacia el público.

—Gracias, patriota.

—No faltaba más, mi coronel, ¡viva la revolución!.

Una vez acomodado el muerto, el auto arrancó para seguir con la competencia;

encendieron el audio previsto para la vuelta final que ya se acercaba.

«La victoria se acerca, ha llegado el momento, reciban con un gran aplauso al gran campeón».

Todos quedaron asombrados de ver al coronel gritando desde lo alto del automóvil, impresionados por su gran pose y el ejército de ciclistas que lo seguían. La cinta continuaba su discurso triunfal.

«Vamos pueblo, acompañemos al vencedor, sigámoslo hasta el final».

La multitud se encendió y gritaba: «¡viva el partido revolucionario, viva!»

«El momento que tanto hemos esperado, nos acercamos ya, apoyemos a nuestros hombres».

Hombres, niños y mujeres. Machetes, yoyos y ollas. Todos formaron una columna que escoltaba al ejército ciclista. En la meta, el presidente de turno estaba listo para condecorar al triunfador. El alcalde lo acompañaba. Ya ve, mi presidente, el pueblo se enciende con cualquier cosa y luego se olvida de revoluciones.

«No ha sido fácil, pero hemos llegado hasta el final, viva el campeón, viva».

La gente miraba en lo alto a su coronel. «¡Viva el coronel Mendiola, viva!»

El presidente aplaudió a los ciclistas y a la

muchedumbre enardecida. Yoyos, ollas, machetazos. Golpes, heridas, derrocados. Saltaron sobre el presidente y lo tiraron al suelo, bajaron al coronel Mendiola del carro de perifoneo y lo nombraron presidente. El muerto agradeció a la multitud un poco atolondrado, pues en el momento de resucitar San Pedro le estaba explicando sobre un plan vacacional todo incluido.

Varios días después, contra una pared y con los ojos vendados, el alcalde sucumbió ante una multitud de rayos que le entraron por el pecho y le salieron por la espalda, dejándole heridas como de bala.

Así son las tormentas en esta época del año.

A paso de hormiga

Allomero entró al hospital psiquiátrico no hace mucho. Fue muy bien acogido por todos, médicos y pacientes. Tenía el privilegio de caminar por todas las salas, pues se le consideraba inofensivo, hasta el más fiero de los locos sabía sonreírle sus manías. Allomero se creía hormiga.

Callado y alegre, vigoroso y sonriente. Caminaba por los pasillos saludando a todos a su mejor estilo, colocando los dedos como antenas y acercándose a sus frentes para transmitir sus ideas y leer las de otros. Todos los médicos empezaron a utilizar este sistema de comunicación con él, pero siempre trataron de ignorar el asombro que les producía el hecho de que, en efecto, Allomero parecía leer sus mentes. Las terapias de grupo a veces se desordenaban en un silencioso menear de antenas que todos empezaban a mover ante la impotencia del médico quien, al final, cansado, movía sus antenas y se levantaba del círculo. Las sesiones individuales eran un mirar hacia el cielo raso y menear las antenas, como recordando un hormiguero del pasado.

La única persona que nunca lo quiso fue la señora de la limpieza de su pabellón, pues siempre tenía que sacarle de debajo del colchón decenas de hojas e insectos que él recolectaba a diario.

Allomero nunca se atrevió a acercarse a Hirtella, la loca más antigua del hospital. Hirtella era una paciente sin posible cura por carencia de un mal evidente. Nunca se supo qué la obligaba a callar y echarse en el sillón, lejana y taciturna, a comer y engordar. Allomero e Hirtella se limitaban a mirarse fijamente; él, con una sonrisa entomológica; y ella, con una mezcla de cariño y apatía.

La hora favorita de Allomero era la de la comida, le encantaba formarse en la hilera. De este hábito se dio el gusto de engordar más y más al comer su porción y acarrear los restos de los otros. También había logrado una cosecha exitosa de un hongo blancuzco a base de insectos y hojas en el patio, lejos de la señora de la limpieza; todos los días sorbía un poco de ese moho.

Al llegar la primavera, se le vio más activo y conversador de lo normal; sus antenas se agitaban más de lo acostumbrado y recorría los pasillos cientos de veces en un día. Hirtella lo miraba con curiosidad, por primera vez había un reflejo de vida en sus ojos.

Fue poco tiempo para que otros enfermos padecieran de Formicidae, u hormiguitis, como decían los médicos menos serios. La noche de la gran lluvia, Allomero se levantó de su cama a la media noche en una sincronía extraña con los locos de las salas siete y nueve, los más grandes y violentos. Se encontraron en la sala de televisión, formaron una hilera tras Allomero y se dirigieron al cuarto de Hirtella. Allomero entró y los otros se quedaron haciendo guardia afuera.

Hirtella volaba cual masa enorme sobre su catre, sus alas transparentes y diminutas parecían a punto de reventar bajo su peso. Allomero se posó sobre su espalda y la fecundó hasta quedar dormido. Luego descendió, Hirtella lo despidió con un gesto de respeto y agradecimiento. Allomero salió del cuarto, saludó a los centinelas y caminó hasta su sala. Los centinelas permanecieron donde estaban.

Al día siguiente, la mujer de la limpieza encontró una hormiga muerta sobre el catre de Allomero, la botó igual que siempre. A la tarde se dio la alerta de un loco extraviado en el manicomio municipal. Nunca apareció.

Pasaron los días y los médicos extrañaban a Allomero; los enfermos, no. Parecían tener una conducta activa pero apática. Las hileras a la hora de las comidas eran mucho más ordenadas que de costumbre. Desde la pérdida de Allomero los médicos descubrieron que Hirtella se había mudado a vivir al patio central, los locos más violentos la custodiaban y le daban de comer. Su tamaño aumentaba cada día más. Luego de arduas negociaciones, de forcejeos ingratos y amenazas, un médico logró acercarse a Hirtella y examinarla, estaba embarazada. Los médicos se angustiaron al ver que una mujer de su edad, con esa proporción de tamaño y embarazada viviese en la intemperie, pero pesaba demasiado como para forzarla a moverse. Le instalaron una lona sobre su masa corpórea.

Al cabo de unos días, Hirtella comenzó su labor de parto bajo la mirada nocturna y silenciosa de sus centinelas. Fue un parto recatado, sin gritos ni dolor; de su vientre primero emergió una hormiga, luego un millón. Las hormigas empezaron de inmediato su colecta de hojas e insectos muertos, cavaron hoyos en el patio y todo parecía normal.

Los médicos comenzaron a notar algo extraño, se asustaron de estarse contagiando de la locura. Todos los pacientes parecían empequeñecer cada día más. Al mediodía del miércoles, a la hora del almuerzo, los doctores, enfermeros y demás personal observaron con asombro cómo cada paciente comenzaba a disminuir más hasta convertirse en hormiga. Cada hormiga bajó de su silla, se dirigió a la puerta donde se encontró con las demás y todas menearon sus antenas unas a otras. Formaron hileras en procesión hasta el patio central. Saludaron a los centinelas, zompopas grandes y aguerridas. Varias hormigas se ofrecieron a subir a la silla del patio central para bajar en brazos a su reina Hirtella, hormiga grande y deforme. En el hormiguero las esperaban sus hermanos.

La voz se corrió; en el manicomio los médicos y demás personal estaban locos. Los internaron en su propio hospital. Se cansaron de repetir que no sé, le juro que son hormigas, no se perdieron no, en serio, de veras. No, no se escaparon, que son hormigas.

Se cansaron de decirlo, nadie les cree. Todos los nuevos pacientes se sientan a observar con paciencia el patio central, sin pisarlo jamás, pero con la esperanza de un día entrar en él a paso de hormiga.

Repitiendo que te tengo y no

Comencé por convocar en la noche roja y noctámbula a los maestros literarios para definir en horas ciertas de clara incertidumbre cómo escribir poemas de amor que permitan olvidarte. O mejor dicho, que cada autor pueda descargar a su musa en papel y luego guardarla en un cajón.

La reunión con carácter de urgencia comenzó con cantos de Neruda, quien insistía en que la mejor forma de lograrlo era recitar *Farewell* mil y una vez, pero comenzó a recitarlo y sus ojos se llenaron de sombras ausentes y húmedos manantiales.

Benedetti sacó el pañuelo y fue enfático en decir que no, que no se puede, no lo intenten. Será un fracaso. ¡Ay, Lusa!

Y mientras dibujábamos un pentagrama ideológico de mil maneras de olvidarte al escribirte, tus ojos se posaron sobre la frente de Benedetti y no tuve más remedio que mirarlos. Don Mario me miró con su cara de siempre, de feliz tristeza. Te lo dije, no lo intentes, yo no pude con Lusa.

Machado y Borges se miraban sin cruzar palabra, pero ambos parecieron recordarte, porque una sombra recorría sus rostros, desangrándolos.

Un holograma tuyo insistía en dibujarse en

mi mente, tus manos arañaban mi memoria y la amenaza de encarnarte de la nada gemía feroz. Yo pretendía escuchar las metáforas de Darío que manifestaban cómo transformar los besos en nubes para que se desvanezcan y sean arrastrados por el viento. Pero el viento olía a vos y las nubes comenzaron el aguacero de besos grabados en la sien.

La noche terminó con los ojos abiertos, desnuda y sincera, con el silencio que da la ausencia, con cientos de poetas convocados para declarar la impotencia de olvidarte.

Con un niño triste, como yo, diciéndote adiós, repitiendo que te tengo y no.

Un reflejo en la vela

Efraín estaba atrapado dentro de Efraín. Se levantó del sillón, fue hacia el baño y una vez ahí se descubrió en el espejo. Estudió cada una de sus facciones. Le molestó mucho lo grande de sus poros, poros de viejo, pensó. Igual podrían ser de mocoso, o qué sé yo; pero no, son de viejo porque no tengo espinillas. Se burló de sus propias muecas, aceptadas solo en la privacidad del espejo.

De nuevo, se miró y analizó la risita nerviosa que le deambulaba los dientes desde temprano, desde que Colacho, vos sabés.

Se pasó el dorso de la garra por la cara y se desdibujó la risa. Mejor así. Comparó dos versiones diferentes de sí mismo, una seria, otra triste, y descubrió que la seria era mejor para la ocasión. Luego se quedó mirando el reflejo o el reflejo lo miraba a él, no se sabe. Uno estaba risueño, el otro un poco triste. El triste se rio, el risueño se quedó serio. Ambos se miraban desmirándose. El reflejo tosió un poco y salió del espejo. Ahí estaban, juntos, fuera del espejo; origen y reflejo. Reflejo preguntó:

—¿Y vos?

—Y bien, acá.

—Ya veo. ¿Te molesta que te mire?

—No, yo siempre te miro.

—Cierto. Lo que pasa es que yo hasta ahora

te miro, y bueno somos bien feos los dos.

—¿Y qué querías?

—Nada, la verdad. ¿Me voy yo para la vela?

—Sí, mejor andá vos. Yo estoy demasiado contento para eso, sería impropio.

—Y bueno. ¡Nos vemos! ¿No te molesta quedarte sin reflejo?

—No, no. Andá, tranquilo. Yo me quedo acá no mirándome al espejo.

—Pero prometeme que te quedás aquí, si no luego no te encuentro y ¿qué hacemos?

—Tranquilo, me quedo.

El reflejo salió caminando con su cara de serio, con un poco de miedo, pues nunca había salido solo. Aquello le preocupaba mucho. ¿ómo ser sin él? ¿Cómo reflejarse sin origen por las calles? Los complejos normales que tienen todos los reflejos.

Llegó a la vela sin gran esfuerzo, solo le asustó mucho la parte en que tuvo que caminar en medio de un parque. No había vidrios, metales, charcos, ningún lugar donde hubiese existido antes y eso le afectaba, temía borrarse.

Entró y abrazo a Paola fuertemente. Tranquila, ya va a pasar, tranquila. Le dio un beso en la cabeza y luego se agachó para besar a Marquito, el sobrino de Colacho.

—Ya papito, todo va a estar bien. Tu tío está mejor ahora y te va a cuidar desde el cielo.

Marquito lo soltó y se quedó mirándolo con rabia, llevaba horas oyendo a la gente decirle lo mismo y el pequeño solo miraba a la caja preguntándose cuándo se iba a levantar tío Colacho para poder salir todos de ahí. Paola se arrimó al oído de Efraín.

—¿Ya lo viste?

—Luego, mejor. Ahorita. Y se apartó mientras sentía que desaparecía un poco, la falta de luz.

Como la funeraria era diminuta, salió a respirar un poco. Miró con reproche a los muchachos jóvenes que se reunían afuera y se decían cosas bajito, riéndose y mirando de reojo a la puerta del salón.

—¡Tengan un poco más de respeto! ¿Oyeron?

Volvió a entrar maldiciendo a los muchachos. Descubrió a doña Lucía y la abrazó. Doña Lucía parecía ahogársele recostada en el pecho.

—Ay, Efraincito. Yo me muero, Efraincito, me muero.

—Tranquila, doña Lucía.

—Ay Efraín, usted no sabe lo que es perder un hijo, Efraín, yo me muero.

Efraín respiró hondo y abrazó con más fuerza a doña Lucía.

Se zafó del abrazo no sin un poco de remordimiento. Va a pensar que no la quiero abrazar.

—Efraín, ¿ya lo viste?

—No, doña Lucía, ahora.

Doña Lucía se ausentaba dentro de sus propios ojos y miraba al mundo sin entender de qué se trataba un mundo sin Colacho; parecía afirmar permanentemente con la cabeza a una pregunta no hecha, mientras sus ojos se llenaban de ausencia. Se alejó para encontrar un poco más de abrazo en otro recién llegado.

Efraín se quedó mirando a la distancia aquella caja engamuzada que contenía a Colacho. Era extraño pensar que las cajitas fúnebres deben su existencia a la ya no existencia humana, a la extinción paulatina del yo. Cuando se está muerto ya no se dice yo. Se habla de uno en tercera persona, no más; se es un reflejo en la mente de otros. Me parezco a Colacho ya muerto. Manuel le tocó el hombro por detrás y lo distrajo de su distracción.

—Y bueno, se nos fue Colacho, Efraín, se nos fue.

—Sí, Manuel, nos lo quitaron.

Salieron a fumar un poco, la noche era oscura y Efraín comprobó para su dicha que aún sin luz él existía. Inhaló contento el humo, por primera vez fumaba un humo no reflejado que dejaba de existir al momento de tragarlo en el espejo. Efraín miró a Manuel.

—¿Quién te lo contó a vos?

—Las chiquillas. Llegaron como locas, ni entendía lo que decían. Pobrecitas las mocosas, se impresionaron mucho.

Efraín se rascó la frente.

—Es que nunca hubiéramos imaginado algo así.

—Nunca, diez tiros en el pecho. ¿Por qué tanto? ¿Por qué esa venganza?

—No sé, Manuel. Si pudiera agarrarlos.

—Vos los viste, ¿verdad?

—Fue muy rápido, a mí me bajaron del carro y a él de una vez le dispararon, ni le dijeron por qué ni nada. Primero yo pensé que era un robo, pero no se llevaron ni una sola cosa.

—¿Y los viste?

—Sí, no tenían ni máscara ni nada, pero en el susto como que no sé, todo se me borra.

—Los van a agarrar. ¡Esos hijueputas no se salvan!

—Ojalá.

—¿Ya lo viste a Colacho?

Efraín se escapó para ir a saludar al nica que llegaba de la finca de los Otárola.

—Se nos fue, Romeo, se nos fue.

Pasó toda la noche abrazando gentes, consolando rostros lacrimosos y fumándose el tabaco de Manuel.

A las tres solo quedaban Manuel, borracho en una banca de afuera, doña Lucía y dos viejitas del perpetuo socorro amagdalenando a la madre. Finalmente, se acercó a la caja.

Se tanteó a sí mismo en el vidrio del ataúd para ver si un reflejo se reflejaba, pero Colacho era pobre y se murió sin vidrio. Ahí estaba el muerto. Ya no existía más que en los espejitos de la memoria. Era un reflejo tan parecido a él. Miró hacia atrás y comprobó que nadie lo vigilaba. Se acercó de manera amorfa hacia el rostro de Colacho, remedando las muecas que tantas veces había interpretado en la privacidad del espejo. Se arrimó casi al ras de la boca. Te moriste, Colacho, te moriste. Luego pulverizó la risita que le manaba de un diente torcido de su infancia y que hacía mucho tiempo en realidad ya no tenía. El diente se le cayó y luego se volvió a aflojar. El reflejo nervioso se componía y descomponía; a ratos, adolescente; a ratos, viejo; y menos cada tanto, niño. Mirar a Colacho lo hizo perderse en el tiempo y olvidar su estado actual. Se llenó de espinillas con arrugas y barbas lampiñas. De pronto vio a Colacho reflejado en el ventanal de la casa violando a su hermana muchos años atrás; él era muy niño y no entendía lo que hacía Colacho, mejor se calló.

Después, el reflejo de su hermana muy grave llorando, sangrando y un doctor que reflejado en sus gafas afirmaba que no. Pasó mucho tiempo muda y triste hasta que murió encerrada en su cuarto coleccionando imágenes de San Miguel Arcángel. Con el tiempo todo se olvida y se hizo amigo de Colacho, el primo mayor.

Vio el reflejo de tantas veces que jugaron juntos y cuando Colacho le consiguió la beca para estudiar. Vio el reflejo de cuando caminaban abrazados tropezando con el aire, cayendo hacia atrás, risueños, con olor a cerveza y tequila. Tantas veces, tantas. Luego el reflejo de que me acordé de que vos la mataste, hijueputa. El reflejo, cabrón Colacho. ¡Te jodiste, me volvió el reflejo, cabrón! ¿Te acordás? Íbamos para la casa de Paola y fue cuando me acordé. Te vi en el retrovisor con la misma cara de cuando la violaste, luego me vi en todos los vidrios de los otros carros, asechándote mil veces, tu sangre y yo por todas partes. Cien metros después te soné con la pistola. Vos me la conseguiste en el empeño. Puta más tonto vos.

Dio unos pasos hacia atrás, luego la media vuelta y salió con su rostro infantilmente senil, risueñamente triste.

Llegó a casa y se quitó el abrigo. Revisó que la pistola siguiera escondida en la biblioteca, pero no estaba. Se fue al baño.

Ahí estaba él mismo, no mirándose en el espejo. Origen y reflejo de nuevo juntos. El otro él estaba inmóvil. Para no despertarlo se metió calladito en el espejo, sin hacer ruido, imitando la pose de su origen: con la cara sobre el lavatorio, los brazos tumbados a los lados, un chorrito de sangre goteándole por la sien y la pistola al lado. Ya luego se acordó. Tengo que ir a la vela. Suspiró y notó cómo se le inflaba el pecho a su reflejo. Esta ropa no me va para la vela. En todo caso, hoy ando muy risueño y tengo que apagarme la risa, no puedo ir así a la vela de Colacho. Ya está muerto; igual me gusta la idea, pero capaz que lo tienen con la tapa abierta y me voy a alegrar de verlo así. Tengo que hacer algo, no puedo ir en este estado a la vela, estoy que me río por todo. Se metió las manos a la bolsa y luego desenfundó una mano que lucía más como una garra, o tal vez un bisturí.

La Santa

El olor a incienso en la orina le preocupaba, ya era demasiado el rictus santificatorio que vivía.

Raquel trataba de emanciparse de la gracia concedida. El sacro rictus había empezado ya hacía muchos años, desde la primera vez en que, ansiosa, su cuerpo le pidió deslizar la mano sobre el vientre, buscando el pubis, y antes de llegar tan siquiera a tocarse un coro de ángeles llenó su cuarto de cantos y de su piel comenzó una emanación de olor a rosas; asustada, retiró la mano mientras un ángel malicioso la miraba a los ojos y le sonreía. Santa contra su propia voluntad, el misticismo se empecinaba más en los momentos en que ella hubiese querido refugiarse en la lujuria. Desde el primer novio hasta el último, todos huyeron despavoridos ante las revelaciones de ángeles y coros que acudían a evitar que la pasión desvirtuara la piel de Raquel.

Ella ansiaba ser amada, cada día fantaseaba con más hombres, pero la santidad se empecinaba en perseguirla y mortificar con castigos a aquellos que se acercaban a probar la pasión y el éxtasis que reinaba en ella. Finalmente, logró casarse con Antonio Vesadi, un joven y torpe muchacho del colegio que por su timidez nunca había logrado estar con mujer alguna.

Su noviazgo fue breve e inocente, absurdamente inocente, pero esto le permitió a Raquel concretar un novio sin espantos y una boda para así finalmente conjurarse mujer en una noche apasionada como las que leía en novelas y le relataban sus amigas, antes de que la creyeran santa y evitasen esos temas ante ella. Raquel, llena de las historias de sus padres, pensó que para tener relaciones debía estar casada y que tal vez por eso el cielo no le había permitido acercamiento alguno con hombres, sabía que al casarse aquello sería distinto, sería bien visto desde lo alto.

La noche de bodas Antonio se dejó guiar por ella. La experiencia nula y el temor al éxtasis que lo embriagaba no le permitieron asumir el papel de líder que ella hubiese esperado. A pesar de todo, Raquel no se sentía ansiosa. Antonio era bastante menos de lo que ella hubiese esperado en un hombre, él era un pluma fina, pero finalmente se sentiría mujer. Ella se desnudó ante sus ojos, tomó sus manos y las llevó a los pechos, lo dirigió para recorrer los pezones, la línea divisoria de los senos y luego descendió hasta el pubis. Finalmente, sintió que la piel se le humedecía y se acostó deseosa de ser penetrada, de ser amada. La piel ardiente, el ángelus llamando a la oración, las piernas que se separaban, una leve llovizna de escarcha sobre la cama. El olor a rosas se apoderó de todo, el éxtasis de Antonio fue sustituido por la contemplación, y lejos de caer sobre el cuerpo de Raquel y poseerla, cayó sobre sus rodillas para adorarla. Raquel solo pudo llorar, las lágrimas eran de aceite sagrado.

Ella se sentía violada por la santidad; su noche de bodas resultó ser la anunciación de una vida de esclavitud, de velitas en torno a su cama, de peregrinaciones hasta su casa, donde ella, callada, aceptaba ser llevada bajo un palio y sobre un viejo sillón hasta la cochera para, desde ahí, profundamente en su interior, llorar sonriendo hacia los miles de peregrinos que venían a ver la santa.

Dejó de hablar y aquello fue tomado como una muestra de misticismo. Su marido se convirtió en su fiel vicario, en su sacristán personal. Él la cuidaba con devoción, ella le sonreía con repulsión.

La cama se convirtió en altar donde ella cada noche, separada de los cantos, los exvotos de los peregrinos, las misas y los ángelus, podía dejarse llevar por su pasión; se imaginaba una hilera de hombres haciendo fila solo para tomarla, se sentía deseada y no venerada, pero en cuanto se acercaba a lo más hondo de sus deseos y su mano se deslizaba hacia abajo, un ángel descendía a su lado, retiraba la mano del pubis, la besaba y le hacía repetir la regla de San

Benito. Raquel lloraba un crisma delicado y repetía las palabras del ángel.

El día que el obispo la visitó, a solas, Raquel rompió su silencio, y luego de la bendición del obispo y de su leve reverencia lo miró a los ojos fijamente mientras él se sentía conmovido, esperaba un oráculo divino, pero solo escucho la voz fría de una mujer que decía: «quiero ser puta».

Durante tres semanas se realizó un exorcismo. En su alcoba, no se le permitía alimento distinto al pan o el agua, el marido fue expulsado para evitar la tentación de la carne. El matrimonio fue disuelto por el papa y Antonio corrió a la calle latina a saciar su sed de piel, a entregarse a la lujuria y a la pasión, mientras Raquel soportaba las oraciones en latín, la debacle de aguas rociando su cara y sobre todo su pubis. Finalmente, la santa fue absuelta del demonio que se había apoderado de ella, pero un confesor debía visitarla diariamente para que mantuviera su espíritu en reposo. La virginidad continuaba violándola, eyaculando pureza en su alma.

Las hermanas Benedictinas se hicieron cargo desde entonces de su casa, ahora santuario, de sus cuidados, de recogerle el cabello que cada día crecía de manera más desproporcionada.

Poco a poco su piel se fue ajustando hasta

asemejarse a una imagen de las que llevaban en las procesiones, su mirada vidriosa hacía dudar ya de si era mujer de carne o de yeso.

Los milagros se multiplicaban, las lágrimas de óleo bendito derramadas durante las procesiones eran conservadas para oficios santísimos, la mayoría en el Vaticano. No faltó quien se las ingeniara para llenar botellitas con cualquier aceite perfumado y venderlo durante las peregrinaciones para ver a la santa.

La pose se le fue tornando más rígida y la mirada más fija y vidriosa, tanto así que varias veces al día un doctor verificaba que el santo cuerpo permaneciera vivo. El *rigor mortis* del sexo encarcelado en Raquel permitió que todos los domingos la llevaran en andas en procesiones alrededor del parque. La gente se apostaba a los lados para ser sanados, recibir milagros, rogarle por su intercesión y sobre todo mirarla. Las lágrimas de óleo santo caían sobre el asfalto.

Domingo a domingo recibía a su confesor, le sonreía, y pasaban horas sentados el uno al lado del otro en total silencio. La presencia del confesor le hacía sentir tranquila. Se miraban, se sonreían.

La pequeña villa fue creciendo entorno a su casa, la cuadra entera era ahora una basílica para fomentar su devoción; la gente viajaba desde todos los rincones del país para verla, luego empezaron a llegar los peregrinos desde el extranjero y lo que fue un pequeño poblado se convirtió en una ciudad cuya industria era la santa. Todos en el pueblo la querían, gracias a ella llegó el desarrollo y tenían empleo.

Una tarde, mientras estaba a solas en su alcoba con su confesor, decidió abrir el vestido y mostrar su cuerpo ante el cura. El éxtasis la absorbió cuando notó que el sacerdote se sentía excitado, jubiloso, lujurioso. También notó que no había cantos angelicales, que no manaba de su piel el olor a rosas, y el olor a incienso en su pubis había desaparecido. El cura se le acercó, besó su boca brevemente, contempló el pubis y acercó su mano hacia él. De los pechos brotó el maná. El cielo raso se volvió cúpula en un instante, varias arpas se escucharon lejanas. La cúpula se fue tiñendo de azul, se abrió al cielo.

Un ángel sonreía malicioso en lo alto y repetía la regla de San Benito. Dos ángeles se acercaron al sacerdote y lo hicieron arrodillarse, mientras un tercero lo amonestaba con fuertes golpes en la espalda. Raquel emanaba olores a inciensos y rosas; una lluvia de escarcha comenzó, quiso gritar, pero un ángel le llenó la boca de mirra, otros dos la tomaron en brazos.

Ascendió desnuda al cielo en cuerpo y alma frente a la mirada atónita de los miles de peregrinos que esperaban afuera.

Manicomio

De cuando estuve loco aún conservo
el carné de majara en la cartera,
un plano detallado del infierno,
un cielo con pirañas y goteras,
un prontuario en la comisaría,
un frasco con pastillas de colores,
la carta con la que te despedías,
remedios varios contra el mal de amores.

JM Serrat

No sé ya si sos quien recuerdo. Estoy perdido entre la línea de esta fantasía de tu imaginario y el vos real que palpé con mis manos, mi boca y mis dientes.

Creo haberte visto feliz recostada sobre mi pecho, pero temo que me traicione la memoria. Antes les preguntaba a los médicos si esto fue síntoma de haberte conocido y luego solo tener que imaginarte o si solo te he imaginado desde el principio. Pero no les he vuelto a preguntar, ya no quiero volver al cuarto blanco donde me encierran, según el doctor Gutiérrez, hasta que me calme. Pero siempre estoy calmado. Quisiera que ellos pudieran ver tu rostro, el que imagino, o recuerdo, no sé, pero si pudieran verlo como yo, sabrían que estoy tranquilo contemplando la postal de tu rostro. Sonrío.

Por la mañana me dan las pastillas rosadas con las verdes, no sé cuál de las dos; una de ellas me provoca demasiado sueño y me tengo que sentar con Angélica a contemplar la ventana, ella habla mucho y siempre está enojada, no sé lo que dice, pero oírla me quita el sueño. Luego del almuerzo me dan la pastilla celeste, esa no me gusta; por un rato me pongo cuerdo y ni me acuerdo de vos, me da sueño y duermo un rato, se supone que no debo, pero el negro Velásquez que es el que cuida esa ronda se hace el tonto, nos prefiere dormidos. Es bueno Velásquez, una vez le pedí que me trajera una mariposa y me la trajo, la colgué junto a mi pared; las hormigas se la han ido llevando, ya solo queda un armazón parecido al de un viejo avión de guerra que queda tendido en tierra, gozando la paz, sin más piel que el recuerdo. Igual que la mariposa, es mariposa solo por el recuerdo del armazón; igual que vos, seguís siendo vos y sonriendo con tu pelo relajado cayendo y tus ojos brillando, y no sé ya si sos solo recuerdo o invento. En todo caso, te recuerdo.

Luego del café, que es mi hora favorita porque se me quita el sueño, la doctora Troyo me entrega el cuaderno junto a la pastilla amarilla. Finjo tomarme la pastilla, la guardo bajo la lengua, luego la meto entre el cuaderno, camino unos pasos y cuando ya no me miran, la boto.

El cuaderno es para terapias, eso dijo

Baltodano, el doctor que estaba antes de la doctora Troyo, pero Baltodano ahora está internado en el pabellón de al lado, y quedó Troyo que no nos quitó los cuadernos, tal vez por respeto a Baltodano. Terminar aquí para ellos es una suerte de irónico sepulcro; a mí no me parece tan malo aquí, solo no me gusta el cuarto blanco, por eso no he vuelto a preguntar si te recuerdo del pasado o sos un invento que hice en el pasado.

En el cuaderno escribo mis líneas, es un cuaderno de vos, creo que ya lo dije, no sé. Tendría que releer y no tengo tiempo; ahorita Troyo me quita el cuaderno y me da la pastilla rosada de nuevo, esa sí me la tengo que tomar delante de ella.

En el cuaderno escribo con este abecedario que reacomodo en formas que tengan sentido; es decir, palabras, y con las palabras escribo versos o párrafos, y yo ya no soy más que este cuaderno de vos, soy estas palabras, letras reacomodadas; son tan poquitas las letras y aun así me dan para decirte tanto, tantos versos, tantos párrafos, tantas ideas. A veces no tengo ideas, a veces solo sentimientos, pero tengo el sentimiento de que me prohibiste mencionarlos, si es que exististe, o al menos la fantasía que inventé de vos me prohibió nombrarlos. Recuerdo el génesis, Dios le dijo al hombre que nombrara a los animales a su antojo; es curioso, no sé de dónde sé de Biblia y filosofía, pero las cosas entonces existían a partir del momento en que el hombre las nombraba, son tan importantes las palabras. Y yo las reacomodo. A los sentimientos no los puedo nombrar, pero contrario a las bestias bíblicas, no necesito nombrarlos para que existan, sé bien que existen y viven entre mi pecho y mi abdomen. El león fue león desde que se le nombró, pero lo que siento en el pecho es lo que es sin que se le nombre. No le hablo de eso a Troyo ni a Gutiérrez, no quiero ir al cuarto blanco.

En fin, soy estas palabras. Existo a partir de mis palabras, las cosas que nombro no existen porque las nombro, contrario al génesis; sé que existo y creo que existo gracias a que las nombro. Escribo, luego existo. Y esta es mi ración de cuaderno de hoy; tal vez no seas imaginaria, tal vez sí existas y algún día incluso Troyo te enseñe el cuaderno de vos a escondidas, y sientas mi mano formarse con letras, la veas levantarse de entre la hoja, mi mano que es letra, que existe porque escribo de ella, que existe porque ahora imaginas una mano de letras levantada del papel buscando tu rostro, acariciando tu mejilla. También se levanta una boca, y va a tu frente y la besa. Mis ojos de puntos y comas brillan jubilosos, melancólicos; no tristes, solo melancólicos. La mano te persigna. Vuelve a entrar al papel, ahora solo se ve la silueta de mi boca sonriendo y lanzando un beso. Ya soy esta hoja normal que lees, no levantaré más figuras de aquí, no quiero asustarte, quiero que sigas leyendo, que sonrías y empapes de alegría mis hojas. Tal vez yo no exista y sea solo este cuaderno que lees o imaginas. Le preguntaría a Troyo si alguna vez te enseña el cuaderno, pero me da miedo el cuarto blanco. Ya me tengo que ir y dejar el cuaderno sobre la mesa con los de los demás; el cuaderno de Isaac está lleno de dibujos; yo he tratado de pedirle que te dibuje, pero no logro describirte. Me toca la pastilla verde antes de la cena. Luego vienen dos pastillas blancas y una amarilla y me dormiré contemplando el armazón de la mariposa al lado en mi pared. Sonreiré y dormiré. Mañana volveré al cuaderno. Escribo, luego existo.

Sueño cuando despierto

Mi padecimiento es extraño, he visitado ya a dos psicoanalistas, un psiquiatra, un neurólogo y tres especialistas en reiki angélico, nadie parece poder ayudarme. Es curioso mi padecer, sueño en cuanto despierto.

A la noche, siento el terror del deber humano de buscar el lecho para dormir, o intentarlo al menos. En cuanto cierro los ojos, vienen tus recuerdos de forma desordenada y abrupta y me preguntan, me inquieren, me recitan frases o me muestras pequeñas películas de tu rostro que me hacen sucumbir ante el anhelo. A veces logro ponerles orden y arroparlos a mi lado para hablar con ellos. Otras veces, no lo voy a negar, les hago el amor, pero no me da tregua la inquietud de la noche que me grita que debo dormir porque mañana... Y entonces tengo una lucha campal con mi mente que no logra apaciguarse y dejar de pensarte en esa forma desordenada y triste. Miro el cielo raso y dibujo intentos de sueño, frases tranquilizadoras que nunca sirven, hasta que la noche se proclama madrugada y cansado de tanto luchar entro en un sopor que no sé si llamar sueño; es una especie de ausencia. Duermo entonces un poco en ese estado extraño donde todo es negro y no hay pensamientos ni material de sueño, solo una materia negra y pesada que no logro rescatar ni recordar al despertar.

Entonces despierto, entonces es cuando sueño, porque siempre estás ahí al lado, es esa hora perezosa en que no estoy despierto ni dormido, pero tengo pleno control de mi vigilia adormentada y sus pensamientos; entonces siempre te digo cuánto lo siento, vos me regalás un beso que trato de extender, porque es un beso etéreo y temo que desaparezca, es material de sueño y es delicado. A veces estamos en mi carro hablando, a veces en algún restaurante de esos que te gustaban, siempre estás tomando sangría y a veces nos damos gusto con *sushi*. Pero no es tanto lo que comamos, es que tus ojos están ahí mirándome, y tus manos tan suaves toman las mías. A veces estamos estrenando esa casa antigua y bella con gran jardín, de las que nos gustaban, y decoramos el cuarto de la pequeña. Muchas veces estamos con ella, a veces jugando, a veces solo abrazados, otras tantas sobre el piso coloreando un dibujo que hice para ella. Sin orden aparente, sin lógica, de repente estamos en una montaña, esa que tanto te gusta; otras, abordando un avión y vos y yo disfrutamos la emoción de ella asomada por la ventana, con esas mariposas que dan el primer vuelo y que yo siento en el estómago cuando te miro en mis sueños al despertar cada mañana.

Sé que estoy enfermo, porque no es normal; este estado de sueño lúcido duele, porque siempre sueño que ese día sí aparecerás, que sí me contestarás. La loca del reiki angélico me puso a verte en una burbuja violeta y despedirte, soltarte, liberarte. Tantas veces te he liberado y al darme vuelta la burbuja violeta que te contiene está ahí y revienta para dejarte libre y que yo te abrace. Mis ángeles no parecieran ser realmente efectivos, tal vez nos hemos sobrepoblado y ya excedimos la capacidad de ángeles destinados a cuidar a cada uno. Dios tal vez no pensó que duraríamos tanto ni que seríamos tan abundantes, menos después de la invención del anticonceptivo.

Uno de los psicoanalistas fue más allá y me ha llevado a sesiones de hipnosis donde en una pantalla proyecto todo lo hermoso que hemos vivido y lo desfiguro; luego me pide disminuir la pantalla a un tamaño minúsculo donde debo hacer arder los recuerdos, me pide que en una esfera coloque los malos recuerdos y es donde me jodo, porque es poco lo que podría decir malo de vos; soy consciente de tus manías, no es que no lo sea, pero lo más grave parece ser que tus rabietas gozan del defecto o virtud de habitar en tu rostro. Entonces miro las rabietas con cariño y la contabilidad de lo bueno y lo malo se jode. El total del crédito es mucho más amplio que el del débito y es cuando me doy cuenta de lo estúpido que fui por despedirte. En síntesis, el psicoanalista solo me hace sentir culpable, pobrecito, no es lo que él quería. Tal vez sí, que acepte mis culpas, pero que también logre superarte. Pero en cuanto tengo la esfera de tus manías ya guardada en el pecho como él me pide, solo logro sentirme como un tonto que se siente bien hasta llegar a la puerta del consultorio, abrirla y cerrarla. Luego de saludar a la recepcionista y con dolor pagar la sesión, busco el ave fénix de la pantalla de lo bueno y la restauro de las llamas para ir conversando con vos en el bus y contarte mi día. Nos reímos mucho del terapeuta, pobrecito, no es su culpa, él no te conoce.

Y así se me van los días y la verdad no logro erradicarte, hay que avanzar. Gloriana me presentó una amiga, pero no tenía la mirada tuya y creo que fui muy descortés, poco me importa la verdad. Eso sí, Gloriana ha estado distante conmigo; ella me quería ayudar, pero entonces debió ir a buscarte y traerte conmigo, eso sí habría servido.

En el día hablamos varias veces, y hacemos tantas cosas. Entonces empieza a oscurecer y mi temor crece, viene la hora en que se supone debo dormir y ya nada distrae. Tus recuerdos inquietos y noctámbulos dan vueltas por el colchón, saltan y no me dejan tranquilo, son tan inquietos que no puedo ni disfrutar su presencia.

Luego viene el terror de la madrugada cuando duermo un poco, pero sin sueños; me entrego a ese terror con la alegría de saber que, a la mañana, apenas el sol empieza a dibujar o colorear el mundo, yo abriré los ojos y ahí estarán los tuyos, hablaremos y me darás un beso que trataré de sorber con devoción religiosa. Sueño cuando despierto.

Hay días que me olvido

Sacó la última pastillita de la caja. Botó la caja como un ritual, había aprendido a medir el tiempo en cajitas de pastillas. Hacía doce cajitas de Enalapril que no la veía, doce meses sin ella. Tenía que ser más, él era consciente de eso, porque había días que se le olvidaba, la pastilla claro. Ella no, nunca se le olvidaba.

Había aprendido a no recordarla en momentos inoportunos, como el sermón de la misa de once o durante las cháchara de su jefe para poder poner atención a lo que debía hacer en el trabajo. Le había tomado esfuerzo eso, aprender a recordarla solo en momentos oportunos, más o menos digamos dos cajitas de Enalapril.

Al principio, el jefe hablaba durante las juntas y él tomaba nota de cómo se veía la risa de ella en el recuerdo, luego le preguntaban si estaba de acuerdo y decía que sí. Besaba al correo con la minuta que recordaba lo acordado. A veces resultaba ser que no estaba de acuerdo, pero ya no podía hacer nada, la minuta decía que sí estaba de acuerdo.

Para antes de la segunda cajita la había borrado del Facebook y la borró de sus contactos, tuvo que hacer miles de trampas para no volver a encontrar su teléfono; el *mail* era un problema. Lo recordaba con demasiada facilidad, como se recordaban los teléfonos antes de que existieran los *smartphones* que nos volvían androides desmemoriados. Y no quería recordar, no quería escribirle porque habían llegado a un acuerdo: ella lo olvidaría, él jamás. Nunca estuvieron de acuerdo en esto, pero no existía mejor forma de sellar ese acuerdo que el desacuerdo.

No la borró para olvidarla, solo para recordar que ella quería olvidarlo y que él debía facilitarle el trabajo a ella.

Él buscó ansioso compañías y amigos, algarabías, gritos y júbilos tratando de olvidarla, pero ese no había sido el acuerdo y quizá por eso no le salía bien. No se le daba tan fácil. Encontró paz en el fútbol; nunca le había gustado, pero esos noventa minutos prestados de olvido o descuido eran un júbilo. Ella amaba el fútbol, así que durante esos noventa minutos se permitía no pensar o creerse con ella distraídos en una pantalla; en todo caso, el mundo dejaba de girar durante los partidos y quiso sumarse a ese colectivo de olvidos temporales con algunos cortes comerciales de su rostro. El comentarista lograba sacarlo de esos comerciales del recuerdo con facilidad. El fútbol era una gloria, no le interesaba quién ganaba, si era penal o no; solo le interesaban esos noventa minutos de no existir.

Fue para la tercera cajita de pastillas que

escribió un verdaderamente pésimo poema:

A nada temo
a nada temo tanto
como a la mirada llena de miedo
de una mujer.
A ese brillo amoroso
que se retrae y da un paso atrás
a esos ojos que miran el abismo de mi pecho
y toman con determinación el regreso a casa.
A nada temo tanto
como al temor de ella
ese que dejará mis manos llenas
con las guirnaldas de besos para su cuello
colgando en el tiempo.

Y el tiempo besará mi cuello
susurrará el vacío en mi oído.
Me abrazará como abraza el tiempo,
con solemne eternidad y soledad.

A esos ojos que me anticipan
que la suerte está echada
que no habrá cartas en la mesa
y aun así habré perdido.

A nada temo,
ni a la jungla ni al sicario,
ni al mar en tormenta
ni a la noche o el frío.

Solo temo a tus ojos llenos de miedo,
porque me anuncian la jungla de tu ausencia,
el sicario de tu olvido,
el mar en tormenta sin tu barca,
la noche y el frío sin tu nombre.

Para la cuarta cajita había aprendido a mirar las montañas y recordarla con más risa, la propia, no tanto la de ella; siempre con el temor de haber olvidado su voz, esas cosas se olvidan, pero le había inventado una que era dulce, con esa voz la recordaba. Sabía que tristemente no llegaría el día de contrastarlas, eso era triste, pero era a la vez un consuelo para no sentirse herido con la voz inventada.

Había aprendido mucho de la vida; en algún lugar leyó que mientras dormíamos ensayábamos la muerte, pero descubrió que no, que el silencio más terrible y escandaloso era ese que se extendía entre el acostarse y el dormirse, que ese era el peor silencio. El terrible gemido del silencio, el de intentar o fingir dormir. Ahí estaba la muerte ensayada, con la mente disparada llamando a una puerta o levantando el teléfono para saludar y la manta como ataúd mental que lo detenía. Ese era el ensayo de la muerte, no ser a pesar de ser y estar. Ser o no ser ya no era un puto dilema, solo una manta captora.

Creo que fue para la cajita número once que

decidió escribir esta narrativa autobiográfica; tenía mucho miedo no de olvidarla, sino de no dejar memoria; de un día no recordar la pastillita y que el organismo se disparara y que no tuviera tiempo de dejar esta memoria.

Esta mañana se ha tomado la pastilla 360, pero son más días claro, porque había días que se olvidaba, no de ella, claro... solo de la pastilla.

Retrato hablado

La policía llegó a casa a la seis menos diez, entraron y revolvieron todo. Me encerraron en mi cuarto y no me dieron tiempo de terminar de servirme el café que estaba haciendo. No dejar a un hombre beber su café en la mañana es un tipo de tortura.

Me mostraron un video donde yo aparecía frente a la embajada.

—Lo vamos a acusar de vandalismo —dijo el oficial Mairena con algo de risa.

Yo le dije que estaba bien. Mairena se irritó.

—¿No le preocupa que lo encerremos?

Le dije que no. Rodríguez se acercó.

—¿Usted sabe quién escribió en las paredes de la embajada?

Le dije que sí.

—Sabemos que no fue usted quien lo hizo, evítese problemas.

Me preguntaron por ella, sabían que había sido ella la que había llevado pintura roja para pintar manitas en señal de protesta y las leyendas en las columnas. Yo le dije que sí la había visto, pero que la había conocido hasta ese día y que no me parecía que hubiese hecho nada malo. Se rieron de mí. Trajeron un retratista criminológico. Me preguntó si te podía describir, le dije que sí.

—¿Cómo es ella?

Es cálida, le dije. Fue lo primero que vino a mi mente. Esa noche hacía frío, pero ella era cálida, era una pequeña hoguera caminando entre los protestantes, dando sonrisas y ánimos. Éramos pocos; siempre son pocos los que impulsan los cambios, solo se ocupa una pequeña bola de nieve para producir...

—¿Qué más? El retratista parecía desesperado, necesitaba algo más concreto para dibujar el rostro de ella en la hoja en blanco.

Yo hice un esfuerzo y le dije que tenía bellos ojos y un cabello negro largo que me recordaba poetas de otros tiempos más bellos y otras latitudes. Tiene una sonrisa cálida, le dije. La hoja seguía en blanco y él empezaba a desesperarse. Yo no entendía por qué, no existía mejor descripción para reconocerla entre el tumulto que esa, es cálida. Mairena me abofeteó.

—No se haga el payasito.

Es cálida y alegre, agregué. Mairena me tumbó al piso y Rodríguez intervino, me levantó y sacudió mi camisa.

—Vamos hombre, queremos ayudarle, pero ayúdenos usted.

El dibujante respiró hondo y pude detallarle su poncho; no es que no recordara el rostro de ella, es que soy narrador moderno y describo poco los lugares y las estéticas, tienen poco sentido para mí; suerte narrar en este siglo, no hubiese podido en el pasado.

Miré al dibujante con cariño, de verdad quería ayudarles, ellos querían encontrarla y ella no había hecho nada malo.

Era cálida, tenía una sonrisa hermosa, pero cuando está triste también es una tristeza hermosa que te contagia. El dibujante empezó a encontrar su lado sensible y pese a no poder dibujar, empezó a pensar en ella y admirarla. Yo empecé a desconfiar del dibujante, un lapsus de celos supongo; recordé que casi todas en la manifestación eran feministas y cuestioné mis celos, aún me falta por crecer, pensé.

Recordé al Principito, lo esencial es invisible a los ojos. Pobre dibujante, su oficio era triste, él estaba atrapado en el arte criminológico que no le permite dibujar lo esencial.

Hace mucho ya de eso, ella no ha podido visitarme; supongo que no sabe que estoy aquí. Me dijo uno de los carceleros que ahorita me sacan, yo no he podido decirles más que eso, que es cálida. No es que no quiera delatarla, al final de cuentas creo que ella no hizo nada malo, es solo que no puedo describirla de otra forma. Tenía un rostro hermoso, sí, y lo veo claramente, pero si debo describirla vuelvo a la calidez. El dibujante renunció y ahora va a las protestas en las embajadas. No me equivoqué al dudar de él.

Tercer Ojo

Yo trataba de terminar mi novela, o adelantar algo. Era una novela tímida y perezosa acurrucada entre las letras del teclado del que no quería salir. Era fácil de comprenderla, llovía, los cristales lloraban y bostezaban al tiempo que parecían pedir permiso para entrar y acurrucarse también dentro de la casa.

Vos estabas terminando tus ejercicios de yoga, acababas de dar la clase, pero quedaste con ansiedad. Un chico ciego vino y para vos fue una experiencia maravillosa, siempre solés ver de esa forma mágica, de tal manera que hasta un no vidente logre visualizar las posiciones más extrañas e incómodas que le exponías. Esa sos vos. Yo el que escribe perezoso frente a un teclado mirándote hacer yoga o meditando. Pero hoy mirarte no me servía. Estabas demasiado emocionada, tanto que quería irte a abrazar o hacerte el amor, pero no era el momento. Vos vivías tu momento.

Tu ansiedad la lograbas manejar con posiciones y ejercicios, mi ansiedad era la de verte feliz, siempre tuviste ese aura mágica que me hace vibrar cuando vos vibrás tan alto.

Irremediablemente eso fue lo que me atrajo de vos, siempre me contagiás tu risa, tu paso por la vida. Nunca fui dependiente de vos, pero esa magia que inyecta sí debo decir que tiene algo de adictivo y hermoso. Solías leerme pasajes de Buda y de Osho y tratabas de convencerme de eliminar el apego, pero no es apego. Es la decisión de querer mirarte, libre en tu mundo, feliz, solitaria. Acompañarte en tu estado, algo así como la contemplación.

La novela bostezó unas cuantas palabras más que no parecían tener relación con la trama. Ya vos estabas en una esquina meditando. No me gusta tanto tu rostro cuando meditás, estás serena, estás calma, no hay risa. Igual me encantás. Me acerqué silencioso para no despertar a la novela ni sacarte de tu trance. Era una suerte que el piso de madera estuviera lleno de *mats* abandonados y perezosos como la tarde. Las clases siempre terminaban con ese campo de guerra de *mats* heridos y abandonados, vos siempre los componías y yo te ayudaba, pero hoy estabas demasiado ansiosa. Sobre ellos podía caminar aún con más sigilo. Me senté justo frente a vos en mi media flor de loto, ya estábamos más cerca de lograr la flor de loto completa que me venías enseñando tiempo atrás, pero aún me faltaba ajustar mis músculos y soltarlos. No quería intentarlo ahora, errar en el intento y darte un puntapié en tu nirvana.

Tu rostro estaba a pocos palmos del mío. Mi objeto de concentración entonces eras vos, tu diamante de pegatina como tercer ojo. En este punto debo rectificar y decir que igual me parecés bella cuando estás seria, no contagiás risa pero tomás un aire seductor. Me preguntaba si mirarte así durante ese ritual afectaría mi karma, pero, la verdad, el mismo Buda o cualquier *rinpoche* pensaría lo mismo de verte de frente como yo te veía. Respiraste un poco agitada, mi presencia no fue desapercibida, más tarde reirías o me reclamarías mi ocurrencia, nunca se sabe y eso es lo que me gusta.

Respiré hondo un momento, un pasaje de la novela saltó, mal momento para despertar, justo cuando intento concentrarme en la nada. Me concentré en respirar, escuché un carro furioso a lo lejos, no le di importancia y continué; un ruido en el techo, no le di importancia y lo dejé ir. Muchos ruidos, mares de ruidos; mi cabeza seguía el ritmo de mi respiración únicamente. El abdomen que se infla, las fosas nasales y su cosquilleo, la picazón de mejilla que debo ignorar. Otros ruidos, un vendedor creo, lo ignoro. Sigo sumergido en mí, ya no escucho el mundo. Interiorizo en ese espacio donde habita mi novela y la contemplo mientras sus páginas se llenan. Me siento dichoso, sé que vendrán grandes momentos de escritura... Un ruido... leve, la novela escribe un paréntesis y tres puntos suspensivos. Es tu respiración, tu risa. No puedo abstraerme de eso, el autobús roncando puede pasar sin rastro en mis oídos, pero un breve respiro tuyo, esa risa que todo lo revuelca. Abrí los ojos y me mirabas traviesa, no sé, la verdad, si tenés otras formas de mirar que no sean la de niña traviesa aun cuando estás furiosa. Te reís, tuve suerte; nunca se sabe. Tus ojos me regalan ese verde que solo se deja ver con ciertos rastros de luz. Mantenés tu posición de flor de loto y dejás ver tus dientes cada uno con ese brillo y sintonía propios. Me contagio, río. Mi dedo busca tu tercer ojo de pegatina, hay un leve rastro de sudor en tus hombros, casi nunca sudás. Reímos juntos. Deslizo mi dedo desde tu tercer ojo hasta tu boca. Te beso y encontramos una nueva forma de meditar en la tarde lluviosa. Mi novela queda resumida en tres puntos suspensivos.

Sobre el autor

Marco Cañizales Ramírez

Nace en San José, Costa Rica en 1976. Desde pequeño siente una gran pasión por la literatura atraído por los cuentos de su abuelo. Estudió turismo y se ha desempeñado en este campo durante muchos años donde llega a conocer múltiples culturas y valores.

Su trabajo ha consistido en detectar rasgos auténticos de su país para crear experiencias y vivencias que toquen las vidas de los turistas. Ha sido co-fundador de diversos sitios literarios en línea, participante en diversos talleres literarios y gestor cultural en varios proyectos.

Actualmente se desempeña como asesor para mercadeo, Internet, redes sociales, turismo y proyectos de gestión cultural.

www.marcocanizales.com

www.ingramcontent.com/pod-product-compliance
Lightning Source LLC
LaVergne TN
LVHW010608160826
845677LV00013B/3312

* 9 7 8 9 9 6 8 0 3 9 6 9 7 *